無垢な義妹の花婿探し

ロレイン・ホール 作

悠木美桜 訳

ハーレクイン・ロマンス

東京・ロンドン・トロント・パリ・ニューヨーク・アムステルダム
ハンブルク・ストックホルム・ミラノ・シドニー・マドリッド・ワルシャワ
ブダペスト・リオデジャネイロ・ルクセンブルク・フリブール・ムンバイ

A DIAMOND FOR HIS DEFIANT CINDERELLA

by Lorraine Hall

Published by Harlequin Japan, a Division of K.K. HarperCollins Japan, 2024

ロレイン・ホール

優れた空想力で極上のヒーローと、彼らのハートを射止める意志が強く威勢のよいヒロインを生み出す。おばけが出そうな家に、ソウルメイトと、やんちゃな子供たちと暮らす。ロマンスを書いていないときは、ロマンスを読んでいる。

主要登場人物

マチルダ・ウィロビー……………独力で植物の研究に従事。愛称マティ。
ユアン・ウィロビー……………マティの父。故人。
ピエトロ……………………………マティの元婚約者。
エレナ………………………………ユアンの妻。マティの義母。
ハビエル・アラトーレ……………エレナの息子。実業家。
カルメン・ペレス…………………ハビエルの会社のスタッフ。
ミセス・フェルナンデス…………ハビエルの会社の秘書。
アンドレス…………………………ハビエルの屋敷の庭師。
イネス………………………………ハビエルの女友だち。
クラーク・リン……………………ハビエルの知人。
ディエゴ・レイエス………………ハビエルの知人。
ヴァンス……………………………ハビエルの知人。

1

　とはいえ、彼女が傷を舐《な》めて過ごす時間は終わった。時は刻一刻と迫っていた。

　ハビエルがマチルダ・ウィロビーと知り合って十年近くになる。彼女の父親のユアン・ウィロビーがハビエルの母親と結婚していた数年間、ユアンはハビエルにとってすばらしい父親だった。しかし、マチルダのことを妹として見たことはなかった。

　母親がユアンとつき合い始めたとき、ハビエルは十六歳だった。その五年後、ようやく母親は結婚に踏み切り、ユアンはすぐにハビエルのよき父親となった。

　ユアンはハビエルを、怒りっぽく粗暴なろくでなしから、洗練されたビジネスマンに変えた。ユアンはハビエルに大学に行くよう勧めた。そして、ハビエルが卒業する前に〈ＷＢインダストリーズ〉――ＷＢで初級職に就かせ、後継者への道を歩ませた。

　ユアンはハビエルの荒削りな面をきれいに磨き、今

　ハビエル・アラトーレはおしゃれなレンタカーから降りるなり、顔をしかめた。降り立った場所が泥の水たまりだったからだ。彼は霧雨が落ちてくる灰色の空を見上げ、次に自分の靴を見た。もう二度と履けないだろう。

　陽光がさんさんと降り注ぐスペインなら、なんだってすぐ手に入るのに、なぜこんな辺鄙《へんぴ》で荒涼とした土地に住むのか、ハビエルには理解できなかった。

　だが、マチルダはこの地を望んだ。かなり悲惨な一連の出来事のあとで。そして、三年間ここに引きこもっている間、マチルダが彼に迷惑をかけたことは一度もなかった。

日の彼をつくりあげたのだ。

マチルダと初めて会ったのは、両親の婚約が決まってからだった。彼女は父親の陰に隠れがちな内気なティーンエイジャーで、ハビエルと関わるより寄宿学校で過ごすのを好んだ。

ところが、思いもよらない悲劇が起きた。突然ユアンが亡くなったのだ。ハビエルは父親代わりを失ったばかりか、なんの準備も心構えもなくWBの経営を担う羽目になった。

同時に、ほとんど交流のない、多感な十六歳の少女の後見人となった。その当時、マチルダと同じ部屋にいた回数は片手で数えられるほどだった。

しかし、ハビエルはこの数奇な運命を真摯に受け止め、マチルダの暮らしを父親が生きていた頃と同じように維持しようと努めた。信じられないほど多岐にわたる巨額の資産を管理しながら、彼女が高校を無事に卒業できるよう面倒を見て、大学に入るまでは母親と一緒に豪邸に住まわせた。その間にも、ハビエルはユアンから引き継いだ会社をさらに発展させた。

自分の人生を変えたユアンを、ハビエルは決して裏切らず、少年時代のゆがんだ魂がよみがえるのを許さなかった。そのためにも、彼は常に自分をコントロールする大切さを肝に銘じていた。

ハビエルはため息をつき、マチルダが〝家〟と呼んでいる小さなコテージを眺めた。彼女にとっての家は、バレンシアの母親の家ではないのだ。大人になったマチルダを自分の生活から遠ざけることも、ハビエルの〝コントロール〟の一環だった。

そして今、彼はするべきことをするために、自制心のすべてを呼び覚ます必要があった。

ハビエルはジャケットを整え、ドアに向かった。もっと気持ちのいい日だったら、絵画のように美しいと表現したかもしれない。しかし今日のコテージはくすんでいて、素朴な石と老朽化した屋根が寒々しく見えた。

このコテージでの生活と同じく、マチルダ自身についても不可解なことが多すぎた。彼女の植物への執着とか、彼女の優しさと誠実さとか、孤独を好む性格とか。

三年前、マチルダは大恥をかいた。婚約者が嘘《うそ》つきで金目当ての男だったことが明るみに出たのだ。しかし、だからといって半ば隠遁《いんとん》生活のような暮らしを続けるなど、ハビエルにはとうてい理解できなかった。

マスコミは執拗《しつよう》で、彼女を頭が空っぽの愚か者に仕立てあげたが、ユアン・ウィロビーの娘なら毅然《きぜん》としているべきだとハビエルは思っていた。にもかかわらず、彼はユアンが生きていたらやりそうなことをした。マチルダがスコットランドのハイランド地方にあるこの小さなコテージを買うのを許可したのだ。そして彼女に、好きなことをする時間と空間を与えた。

裏切り者のピエトロの腕に抱かれてスペインを放浪していた頃に比べれば、マチルダが遠く離れた場所にとどまり続けているほうが、ハビエルの気持ちは安らかだった。ピエトロと一緒にイベントに顔を出していた彼女はすっかり女らしくなり、守るべき子供ではなくなっていた。

だが、それはずいぶん前のことで、ハビエルはユアンの遺言と最後の願いに関して確認したいことがあり、マチルダに会う必要があった。何歳になろうと、何があろうと、ハビエルは彼女の後見人だからだ。

ドアにたどり着く前に、背後で足音がした。振り返ると、マチルダがぬかるんだ小道を歩いていた。

彼女はウールやニットの衣類を重ね着していて、そのほとんどが泥だらけだった。赤褐色の巻き毛は結われていたのだろうが、今ではほとんど髪留めからはみ出し、紅潮した顔に垂れかかっていた。

マチルダと直接会うのは一年ぶり、いや、二年ぶりかもしれない。ハビエルは、クリスマスにも母と義妹が待つ家には戻らず、カプリで休暇を過ごしていた。

ピエトロに寄り添って幸せそうだったマチルダの二十一歳の誕生日パーティ以来、ハビエルは彼女の姿を見るたびに胸が苦しくなった。赤い髪に潤んだ瞳、スリムな体。マチルダは魅力的な女性であり、彼の体に生じる反応は本能の産物だった。

決してそれ以上のものではない。

マチルダは植物であふれんばかりのバスケットをぶらぶらさせながら、小雨の降るどんよりとした日にもかかわらず、鼻歌を歌っていた。彼女はハビエルに気づいていないようだった。そして突然、足を止めた。


「ハビエル……」

マチルダは目をしばたたいただけで、かつてのようにほほ笑んで彼を迎えはしなかった。ハビエルはすぐに、彼女の菫色《すみれいろ》の瞳が警戒の色を帯びたことに気づいた。彼が現れた理由を正確に知っているかのように。

「マチルダ、きみは僕からの電話を避け続けている」

「メールもね」彼女はいくらか陽気に応じ、ハビエルの横を通り過ぎて玄関ドアに向かった。そして鍵を開けてから、泥だらけのブーツの底を、ドアの外に敷かれたやはり泥だらけのマットになすりつけた。

あまりの泥の多さに、ハビエルはあきれた。

「わざわざ来なくてもいいのに」彼女はそう言って中に入った。バスケットをフックにかけ、服の一部を脱ぎ始める。

コテージの中は想像していたほど寒くはなかった

ので、ハビエルは彼女にそう言った。ただ、雑然と
していたので、そのことも言おうとしたが、ぶしつ
けだと思い、やめておいた。コテージはまるで実験
に失敗した研究室のようなありさまだった。
「できればもっと快適な場所にとどまっていたかっ
たが、きみが僕の手紙に返事をくれなかったから、
足を運ばざるをえなかった」
マチルダは大きなため息をつき、彼に向かって手
を差し出した。「コートを預かりましょうか？」
ハビエルは壁のフックを見た。濡《ぬ》れて泥だらけの
服や、土や植物でいっぱいのバスケットがぶら下が
っている。「いや、結構。ありがとう」
マチルダは笑った。三年前の青白く打ちひしがれ
た少女の面影はなく、活力を取り戻したようだ。
気に入らない。
小さなキッチンへと足を向けながら、彼女が尋ね
た。「お茶はいかが」
「いや、飛行機を待たせているんだ。マチルダ、荷
造りをしてくれ」ハビエルは大量の植物に目をやっ
た。生きているものもあれば、乾燥したもの、生と
死のはざまをうろついているものもある。「きみの
留守中、庭の手入れをする人を雇わないといけない
な」
「ハビエル、私はどこにも行くつもりはないわ」マ
チルダはどこからともなくケトルを取り出しながら
きっぱりと言った。
彼女の口調の硬さを、ハビエルは気にしなかった。
これもマチルダの新たな一面だ。かつて彼女はとて
も従順だったが、今は……自立しすぎている。それ
は彼にとっては都合が悪かった。
「きみの意向がどうあれ、僕と一緒にスペインに戻
ることになる。あと半年で二十五歳になるから、き
みにはふさわしい夫を見つけるためにするべきこと
が山ほどある」

マチルダはケトルを乱暴に置き、彼をにらみつけた。「本気じゃないでしょうね？」

「申し訳ないけれど、親愛なる人《カリーニョ》、僕はきみと結婚するつもりはない。だから、きみはふさわしい人を見つける努力をしなければならない。半年の間に」

「正直に言うと……」お茶をいれる彼女の動作には怒りがこもっていて、すべてがぎこちなく、ハビエルの知るマチルダではなかった。「父のばかげた遺言のことは知っているけれど、まだ独身だからといって、誰が私を訴えるわけ？」彼をにらみつけて言い添える。「あなた？」

「きみのお父さんが望んだことだから、そうするんだ」

「父はもういないのよ？」

本来ならいらだつところだが、彼女の口調から悲痛な思いが伝わってきて、忍耐強いハビエルはやり過ごした。忍耐強さ――それがきみの美徳だと、ユアンは事あるごとに力説していた。

「ユアンから託された以上、僕はきみの意向に沿うつもりはない。彼は娘の結婚を望んでいた。だが、きみは心配しなくていい。僕が手を貸すから」

「もちろん、私たちが結婚するなんてありえない」

ハビエルは彼女にほほ笑みかけた。その笑みは、ほとんどの女性を赤面させるか、服を脱がせるか、そのどちらかだった。「そのとおり」

マチルダは赤面もしないし、服を脱ぐこともなかった。「私は結婚なんてしたくないの。たとえその気があったとしても、私の銀行口座が目当てではないと確かめる方法が見つからない限り、無理よ」

「ピエトロのことは忘れるんだ、マチルダ」彼はありったけの優しさを込めてなだめた。

「私の前でその名前を出さないで！」

彼女の警告の下には強い怒りがあった。もちろん、ハビエルにではなく、ピエトロに対して。

「僕と一緒にスペインに帰るんだ。金目当てではない夫を見つけてやる」

「私をスペインに連れていって、たった半年で私の求める愛が見つかるとでも？」

ハビエルは、マチルダに必要なのは愛ではなく、よき夫、パートナーだと考えていた。

ハビエルの母親はユアンを愛していたわけではない。二人は情熱というより友情で結ばれていた。母親がユアンとの結婚に同意するのに時間がかかったのはそのためだ。母は愛を信じなかった。その結果、彼の子供時代は地獄と化したのだ。

それでもハビエルは、自分が成し遂げなければならない具体的な事柄があるとき、形のないものについて議論することの無益さを知っていた。「見つからないかもしれないが、何もここで隠者のような暮らしを続けることはないだろう」

「私はここで植物を研究しているの」

「僕はスペインに広大な庭園を持っている。そこで研究を続ければいい。夫が見つかるまで」

マチルダは目を見開いた。それから目を閉じて大きく息を吸いこみ、ゆっくりと吐き出した。彼女が目を開けると、独特の菫色の瞳がハビエルの目に飛びこんできた。

「ハビエル、感謝しているわ。父の残した会社を経営し、ヨーロッパ中を飛びまわっているあなたが、忙しいスケジュールの合間を縫って時間を割いてくれたことには。でも、私は誰とも結婚するつもりはないの。あなたが亡き父の意を汲《く》んで力を尽くしてくれていることはありがたいと思う。だけど、父を愛し、恋しく思う一方で、父は完璧な人間ではなかったし、遺言も間違っていると思っている。もし私が結婚するとしたら、自分の意思で、自分のタイミングでするつもりよ」

ハビエルは数年前、マチルダの父親のおかげで、怪物である実父から受け継いだ荒い気性をコントロールする術《すべ》を身につけた。自分の中に渦巻く怒りを、そして自分の中に住み着いた怪物を封じこめるために。

その術を、マチルダは事あるごとに脅かした。ハビエルは何度も彼女を怒鳴りつけたくなった。しかし、彼は実父によって育まれた暴力的な衝動に屈せず、マチルダに恐怖を与えるようなまねは決してしなかったし、絶対にしたくなかった。だから、彼はマチルダのいない国で暮らすのを好んだのだ。

だが、これからの半年間は、自制心と忍耐力のすべてを振り絞る必要があった。ユアンの期待を裏切るわけにはいかないからだ。

それゆえ、ハビエルは今、息をついてほほ笑んだ。

「残念ながら、マチルダ、きみは間違っている。きみには意思決定の自由はない」

父親がいなくなって八年近くがたったが、マティはいまだに寂しさを感じていた。けれど、だからといって、父のばかげた遺言を憎めないわけではなかった。

ハビエル・アラトーレは決して快適な守護者とは言えないが、彼を嫌ったことはない。彼がマティに指図したり干渉したりすることはほとんどなかった。バルセロナの大学に通うようになってから二人が顔を合わせる機会はぐんと減り、代わりに、彼女はピエトロと過ごすようになった。それはマティに奇妙な安心感をもたらした。

とはいえ、ハビエルと一緒にいて危険を感じたわけではない。ただ、いつも胸がどきどきした。身の置きどころがない――そんな思いに駆られてしまう。彼が謎めいていて、寡黙なせいかもしれない。

当時、それは問題ではなかった。けれど、今は違う。マティの人生はいったん燃えつき、その灰の中から新たな人生を築いてきた。今はもう、下世話なタブロイド紙やウェブサイトに屈辱的な姿をさらされた女ではなかった。

マティは植物の研究に打ちこみ、幸せな人生を築こうと奮闘していた。世間から距離をおいて。過去三年間、定期的に連絡を取っていたのは義母のエレナだけで、以前からの友人とのつき合いは途絶えた。そのため、最近は少し寂しさを感じていたのは否めない。それでも、ハビエルが促している結婚にはまったく関心がなかった。

彼女は植物でいっぱいの小さなカウンター越しにハビエルを観察した。植物の中には実験用もあるし、ただ自分が楽しむためだけのものもある。マティは植物がどのように成長するか、子孫繁栄のために何が必要なのか、そうした研究に魅了されていた。あるいは、何が原因で枯れてしまうのか。

そして、その大切な植物に囲まれ、マティの父親が娘の後見人に指名した男性が立っていた。

その役割を担うのはエレナであるべきだった。マティは父親のことを差別主義者だと思ったことはないが、ハビエルを彼女の後見人にし、経済面や将来のすべてを託したのは、女性差別のにおいがした。

そのハビエルが目の前にいて、自分がすべての決定権を握っているかのように振る舞っている。その広い肩幅と獰猛《どうもう》な黒い瞳で、私の空間に侵入してきたのだ。

肩幅がさほど広くなく、今ほどのオーラを放っていなかったときでさえ、彼はいつもハンサムですこぶる魅力的だった。けれど、その美貌の下には得体の知れない何かが潜んでいた。

危険な奔流、潜在的な脅威とでも言おうか。だから、彼と距離をおくためのある種の緩衝材が必要だと、マティにはわかっていた。たとえば、それはピエトロであり、エレナだった。

そして、ハビエルは今、マティにスペインへ一緒に来いと言っている。彼女を競売にかけて貴重な牛のように売りさばくために。

「どうやって私をスペインに連れていくつもり、ハビエル？」マティは、哲学的な問いを抱くほど長生きしていない学生を相手に講義を続ける老教授のように言おうと心がけた。

「なんだって？」

「私は行きたくないの。でも、私には意思決定の自由がないと、あなたは言った。だから、きいたのよ、拒む私をどうやってスペインに連れていくのかと。それに、私を誰と、どうやって結婚させるのかしら、法的にも倫理的にも？　あなたは私を操り人形のように扱う技術でも隠し持っているの？　もしかしてひそかに覚えた催眠術を使って、私を見知らぬ男性とバージンロードを歩かせるとか？」

彼の視線は冷ややかで、鋭い口元を除けば、無関心な仮面を顔に張りつけている。しかし、彼がここにいるという事実が、まったく無関心ではないことを物語っていた。

「マチルダ、僕が知る限り、きみがそんなドラマティックな物言いをしたことはない。どうやら、人と話すのに飢えているらしい。孤立はお気に召さなかったようだな」

「それどころか、孤立することで、私は自分自身を知ることができた。孤立は私にすべてを与えてくれたの。結婚が私に何かを与えてくれると信じる理由はないわ。ハビエル、私はスペインには行かない。たとえ行っても、結婚相手は見つからないし、私の二十五回目の誕生日に、あなたが司祭と一緒に現れて結婚を迫るなんて想像もできない」

言い終えるなり、奇妙にも彼女の脳裏にハビエルと結婚するというイメージが浮かんだ。植物に囲まれた私のコテージで一緒に暮らして……。

もちろん、そうなる可能性はない。マティは即座に否定した。ハビエルは私の父の思い出を大切にし、遺言を守ろうと努力するだろうが、私のような女と結婚することはない。つまり、時間の無駄なのだ。きっとハビエルもそれを察し、去っていくに違いない。

「夕食を一緒にどう？」彼が断り、立ち去るのを期待してマティは申し出た。家庭的で居心地のよい誘いをハビエルが忌み嫌っているのを、エレナから聞いて知っていたからだ。

しかし、ハビエルが態度を軟化させることはなく、尻尾を巻いて逃げることもなかった。ハビエルは氷のような表情でそこに立っていた。

「マチルダ、もしスペインに来ないのなら……」ハビエルは険しい声で言った。「きみとは縁を切る。お父さんの遺言どおり、経済的にも。さらに、〈WBインダストリーズ〉から完全に排除する。きみには何も残らないだろう」

数秒間、マティはただ彼を見つめることしかできなかった。奇妙な震えに襲われたが、それがショックのせいであることに彼女は気づかなかった。あまりに驚きすぎて。というのも、マティは父の遺言の重要な部分を忘れていたからだ。

「遺言書には、私が二十五歳までに結婚しなければ、あなたは私と結婚しなければならないと記されていたはずよ。だから、あなたは私を切り捨てることはできないわ、ハビエル。あなたは私と結婚しなければならない」

けれど、ハビエルは首を横に振った。なぜなら、彼は自分が主導権を握っていると確信していたからだ。マチルダ・ウィロビーの人生を決めるのは自分だと。

「マチルダ、あと一時間で荷物をまとめてくれ」

2

　脅しは最後の手段だとハビエルは考えていたが、もはや我慢の限界だった。マチルダはそれを不公平だと思うかもしれないが、彼はそれが最も公平な方法だと考えた。ユアンがそのような方法を認めるかどうかはわからない。だが、ユアンのコピー人間になることがハビエルの目標ではなかった。ユアンは彼に、自分自身の強みを生かして帝国を築くことの重要性を説いていた。そして娘を守ってくれと。

　彼女は小さなキッチンで苦悶《くもん》していた。かつては従順だったのに、今は手に負えない。

「必要ならタイマーをセットしておくが？」

　菫色《すみれいろ》の目が険しく細められた。「地獄に落ちれば

いい！」

　彼女は捨《す》て台詞《ぜりふ》を吐いて彼の横を通り過ぎ、寝室と思われる部屋に入り、力任せにドアを閉めた。

「大人げないぞ、マチルダ」ハビエルはドア越しに声をかけた。

　ほどなく大きな物音が聞こえ始めると、彼はマチルダが荷造りを始めているよう願った。そうであるなら、彼女がどんなに不満をぶつけようが、まったく気にしなかった。

　ただし、マチルダの反応には少々驚いた。自分の提案に彼女が飛びつくとは思わなかったが、しぶしぶながらも理解を示すと思っていたのだ。

　おそらくマチルダは冗談だと思ったのだろう。裁判所が遺言状の執行を強制することはないから、無視できる、と。彼女の判断は正しいが、ユアンを失望させるようなまねはしたくなかった。

　ハビエルは自分の提案は理にかなっていると考え

ていた。たとえ彼女が望む時機でなかったとしても、結婚相手の選択権を与えていることを考えれば。ふいに彼女の部屋から物音が聞こえなくなり、ハビエルは不審に思った。そしてコテージの間取りを考えてため息をつき、寒いのを覚悟して外に出た。

案の定、マチルダはコテージの奥の窓から逃げ出していた。くすんだ茶色の、登山に最適なゆったりとした服に着替え、ブーツももはや泥まみれではない。奔放な髪は帽子の下で束ねられていた。

突然マチルダが振り返って立ち止まり、ハビエルをにらみつけた。片手には小さなバッグ、もう一方の手にはポケットナイフが握られている。

ハビエルは眉をひそめた。「何をするつもりだ？ 僕を刺すのか？」

マチルダが顎を上げた。ナイフの持ち方からして彼女が身を守る必要がないのは明らかだ。

「そうかもね……」

「マチルダ、きみは蜘蛛《くも》さえ殺せない人だ」

「蜘蛛は私の人生を破滅させたりしないもの」

「きみは孤立感に苛《さいな》まれて、自分を見失っている」

「むしろ、これこそが私自身なのかもしれない」

「だとしたら、残念だ。以前のきみは結婚に拒否反応を示していなかったのに」

「ええ、そうね。でも、今の私の目標は結婚することではなく、幸せになることなの」

幸せという言葉に触発され、ハビエルは怒りを覚えた。だが、彼は怒りを武器にするような男ではなかった。少なくとも今は。ユアン・ウィロビーのおかげで。「お父さんのたっての願いを叶《かな》えてやれたら、幸せな気持ちになるんじゃないか？ 甘やかされた駄々っ子みたいなことを言うな。スペインに何も持っていくものがないのなら、着の身着のままで充分だ。きみに必要なものを買う金はたっぷりあるからな。さっそく、出発しよう」

「これは狂気の沙汰よ、ハビエル。何があなたを駆りたてているのか知らないけれど、少しは分別があるなら、放っておいて――」

ハビエルは一歩前に出た。マチルダが顎を上げた。しかし、お姫さま育ちの彼女は、攻撃から身を守る術《すべ》など何一つ身につけていなかった。そのことを思い知らされ、ハビエルは怒りを募らせた。手を伸ばして彼女を揺さぶって目を覚まさせたかったが、ぐっとこらえて腕を脇に垂らした。

「マチルダ、きみのお父さんは僕の人生を救ってくれた」彼の言葉の一つ一つが脅迫めいた響きを持っていた。「恩人に借りを返すためにも、このまま放っておくわけにはいかない。これに関しては絶対に妥協しない。必ずきみを結婚させる方法を見つける。僕は、今きみの望みを聞くこともできるし、勝手に結婚相手を見つけることもできる。お父さんの遺言が達成されるまで、僕は決して諦めない。わかったか？」

マチルダは目を大きく見開いたものの、あとずさりすることも、意気消沈することもなかった。「あなたが父を心から慕っていたことは知っている」冷たく荒々しい声で言う。「もちろん、私も同じよ。でも、娘に関する父の遺言は間違いだった」彼女は震える唇を引き結んだ。

ハビエルは、世間知らずのマチルダが孤立した暮らしを選んだのはよいことだとは思っていなかった。しかし今、少なくとも一つだけよいことがあったと認めた。一人暮らしを始めたことで、彼女はピエトロの悪夢から立ち直り、成長したのだ。

だからといって、彼女の意向に沿うつもりはなかった。ハビエルは深く深呼吸をしてから、リラックスした笑みを浮かべた。「さて、きみは自ら車に乗るのかな？　それとも僕が運んでやろうか？」

マティはにらみ合いを続けたいという衝動に駆られた。しかし、ハビエルの言葉が脅しではないことは知っていた。自ら車に乗りこまなければ、間違いなく彼は彼女を肩に担ぎ上げるだろう。

この三年間でマティは少しは変わったかもしれないが、ハビエルに触れられるのはまだ危険だと感じていた。それはブラックホールに近づくようなものだった。近づきすぎると吸いこまれてしまう――あたかも結婚して彼の人生に取りこまれるかのように。けれど、理詰めで彼を説得するのは難しい。いったいどうすればいいの？

ああ、そうだわ。休暇ととらえればいいんじゃないかしら。エレナを訪ね、スペインで過ごす時間を楽しみ、その間に、結婚しなくてもすべてうまくいくとハビエルを納得させる方法を見つければいい。

今、マティの手には植物の手入れに使うナイフがあった。彼女は刃をたたんでポケットに入れた。

「ようやく分別を取り戻す準備ができたようだな」

さっきまでマティに向けていた怒りといらだちを注意深く隠しながらハビエルは言った。

目の前の彼は、マティがいつも思いこんでいたような安易なプレイボーイではなかったが、いつも恐れていた危険な男であることに変わりはない。気をつけなければ、と彼女は自分に言い聞かせた。もっとも、現在の彼女は以前のマティではない。彼に立ち向かい、自分自身を守れると信じていた。

「あなたに分別があるとは思えないけれど、父に対する敬愛の念からばかげた遺言を守る義務があると考えているなら、当面はあなたに従うわ」マティは彼の車に向かって歩き始めた。「あなたのお母さんにも久しぶりに会いたいし」

「きみは母の家には泊まらない。バルセロナの僕の家に滞在する」

とたんにマティの足どりが乱れた。「でも……スペインにいるときは、私はいつもエレナと一緒に過ごしていたのよ」

「休暇中はね。だが、これは休暇じゃない、マチルダ。短期間で相手を見つけて結婚しなければならない。だから、きみは僕と一緒にいる必要がある」

ハビエルと一緒に……。

「そんなの、だめよ」

「議論の余地はない、親愛なる人《カリーニョ》」

一瞬、マティはナイフを抜こうかと考えた。だが、たぶんなんのダメージも与えられないだろうし、実際に暴力を振るうなんてぞっとする。彼女は思い直した。「いい子にして、主体性も権力も発言権もない中世のお姫さまのように、誰かに嫁ぐのね？」

「きみがそう受け取るならね。僕なら、特権を持った女性が自分の利益と将来のために自らの判断で結婚相手を決める、と受け取るが」

「それはあなたが男だからよ。たとえ特権がなくても、世界を自分のものにするという野心を持ち続けることはできるでしょうから」

ハビエルの瞳に何かがちらついたが、それを罪悪感だと思うほど、今のマティは世間知らずではなかった。そもそも、ハビエルは彼女になんの感情も抱いていなかった。彼にとってマティは、父親のユアンを介してつながっている存在にすぎないのだ。

「車に乗って、マチルダ。夕食までには家に帰りたいんだ。仕事もあるし、用事もある。きみはもう、自分の主体性や権力の欠如を嘆きながらも、好きなことをする時間を満喫できたんだろう？」

その指摘は必ずしも的外れではなかった。マティはここ数年、父親が残したお金のおかげで好きなように暮らすことができた。その一方、ピエトロとの一件以来、彼女は父親の会社――今はハビエルの会社でいかなる役割も与えられていなかった。

とはいえ、二十四歳にもなって保護者の言うことに従わなければならないとは思わなかった。私は大人だ。自分のことは自分で決められる。けれど亡き父は、そんなふうには想定していなかったらしい。その年頃になっても、娘は弱くて愚かで、法的な守護者が必要だと考えていたに違いない。

そう思うと、いつものことだが、マティは落ちこんだ。そのため、ハビエルに導かれるがままレンタカーの助手席へと滑りこんだ。そして、車が走りだし、彼女のコテージが遠ざかるのをじっと見ていた。拗《す》ねたり口をとがらせたりるのは子供っぽいことだとわかってはいたけれど、愛する第二の我が家を通り過ぎるとき、ある程度の子供っぽさを楽しむ権利はあると思い、それを許した。植物も実験もすべて放り出してスペインに行くのだから。

あのコテージでマティは自分を発見したのだ。みんなから離れたことによって。そう、孤立が彼女を変えたのだった。ピエトロの裏切りや父の突然の死が彼女を変えたように。

マティは誰とも結婚する気はなかった。結婚などばかばかしい――それが彼女の下した結論だった。

彼女はこっそりとハビエルを見た。彼は泥道の運転に集中している。彼はすべてにおいてスマートで、堅固な自制心と共に、脅威や危険性を備えていた。

父のばかげた遺言を忘れるよう、私はこの男性を説得できるだろうか？

そもそも私は結婚に向いていない。身につけるようにと言われた社交界のマナーにも、もてなし役《ホステス》としての笑顔にも、私は関心がなかった。ハビエルが選んでくる男性たちはそのことに気づき、誰も私と結婚したがらないだろう。そうすれば、ハビエルは父の遺言を守ることを諦めるに違いない。

そして、私は再び自由を獲得するのだ。

3

フライトは順調だった。ハビエルはスコットランドまで出かけざるをえなかったことに少しいらだっていたが、マチルダを伴って帰国することができたのだから、遠出した甲斐《かい》はあった。

ハビエルは、娘を半ば強制的に結婚させようとするユアンの思惑は少し古くさく、不必要だと考えていた。だが、彼にとって大切なのは自分の意見ではなく、恩人に忠誠を尽くすことだった。

マチルダと結婚するつもりはない。ユアンがそうするよう遺言にしたためたが、それは娘がほかの相手を見つけるための、言わば動機づけだとハビエルは考えていた。ユアンはハビエルのことを知りすぎていて、自分の大切な娘の夫として彼を望んではいなかった。だから、ユアンは娘がふさわしい夫を見つけるのにハビエルが手を貸さざるをえなくなるよう仕向けたのだ。

マチルダの最近の行動を見る限り、一人娘を結婚させようとしたユアンの直感は正しかったのかもしれない。海に浮かぶブイのように荒波に翻弄されることのない人生を送れるよう、マチルダには支えてくれる誰かが必要だった。いやなことが起きるたびに逃げ隠れするわけにはいかない。彼女は人生の困難に立ち向かう術《すべ》を身につけなければならない。そして、それを教えるのは信頼できる夫なのだ。

バルセロナに到着すると、ハビエルは自ら車を運転して家に向かった。彼はスタッフを高く評価しながらも、運転に限らず、必要とあらば自ら動くことをいとわなかった。

数年前に小国の王族から購入したバルセロナ郊外

の広大な邸宅に、マチルダを招いたことはなかった。母のエレナもめったに招かない。そこは、スタッフ以外は足を踏み入れない、彼の聖域だった。

ハビエルがスペインでマチルダに会う場合、その場所はユアンがエレナにバレンシアに買ってやった家だった。ハビエルは家族の集まりを、極力避けていた。

ユアンは存命中、間違いなくその家のリーダーであり、そのように振る舞っていた。彼がいない今、ハビエルはその役割を担っているように感じた。自分が家長になるのだと。そう思うたび、ハビエルは自分の手を見下ろし、そこに実父の拳を見た。

今、ハビエルはハンドルを握る手に目を落とすことなく前方の曲がりくねった道路に集中し、過去の亡霊が脳裏に浮かぶのを許さなかった。

邸宅の正面に車を止めると、ハビエルは彼女のバッグを降ろして自ら運んだ。玄関ドアの前ではルイスが待っていた。邸宅を切り盛りする彼は、ハビエルが心から信頼している数少ない人物だった。

ハビエルはステップをのぼり、バッグをルイスに渡したが、マチルダはついてこなかった。振り返ると、彼女はステップののぼり口のアーチの上に伸びている植物を熱心に見ていた。

「ルイス、彼女のバッグを部屋に運んでおいてくれ。食事はテラスでとる」

ルイスはうなずいてバッグを受け取り、夕食の準備を促すために家の中へと消えた。

それからハビエルはいらだちを押し隠しながらステップを下り、葡萄《ぶどう》の木の下で東屋《あずまや》に巻きつく蔓《つる》を観察しているマチルダのもとへ行った。

「エレナから、その……〝陰気〟だと聞いていたけれど……」彼女は蔓植物をいかにもいとしそうになぞった。「とても美しい」

奇妙な緊張がハビエルの胸を突き刺した。これだけの広さの家にもかかわらず、母親がここを男が一人で閉じこもる庵《いおり》のようなものだと感じていることを、彼は知っていた。なのに、マチルダの目には美しく見えたということは……。

もちろん、そんなことはどうでもいい。マチルダは隠者なのだから、僕が買った隠れ家を悪いとは思わないだろう。少なくとも、僕の選んだ隠れ家は舗装された道路に面していて、大都市に近く、行きたいと思うところはどこへでも車で行ける。そして僕は仕事を持ち、毎日、人と接しているから、決して世捨て人ではない。

「あなたがこんなにも緑が好きだなんて、思いもしなかったわ」マチルダは続けた。

「別に僕が手入れをしているわけじゃない。優秀な園芸スタッフを雇っている」そうでもしなければ、これほど大量の植物の面倒を見られるはずがない。

「あなたが植物に興味を示していた記憶はないけれど?」

「興味などない。植物ごとこの家を購入したから、手入れをさせているだけだ」ガーデニングに興味があったわけでもないのに、なぜ庭園や植物の手入れが必要なこの邸宅に引かれたのか、自問したことは一度もなかったし、今さらする気もなかった。

「きみは少し前まで空腹を訴えていたんじゃなかったか?」ハビエルは家に入るよう暗に促した。

「興味深い植物を目にすると、空腹なんてどこかへ飛んでしまうの」

「もしかしたら、長い間おいしいものを食べていなかったからかもしれない」ハビエルはマチルダの腕を取った。そのしぐさは、彼女が十代の少女だった頃なら父性的に感じたかもしれない。だが、半年以内に夫を見つけなくてはならない二十四歳の女性に対して、そんなふうに感じるのは難しかった。

マチルダにふさわしい結婚相手を見つけるために

は、彼女を一人の女性として見る必要があった。ただし、ピエトロのような詐欺師や、彼女をぞんざいに扱うような男とは結婚させたくない。それは間違いなくユアンの望みでもある。

ハビエルは愛など必要としなかった。自分にとって幸福が重要かどうかもわからない。愛や幸福についてユアンがどう考えていたかは知らない。ただ、ユアンがハビエルに、娘の面倒を見てほしいと望んでいたことは知っていた。だからハビエルは、それがいかに困難だろうと、ユアンの思いを汲《く》んで、マチルダの面倒を見るつもりでいた。

ようやくハビエルは彼女をなだめすかして家の中に入り、ゲスト棟へと案内した。それからすべての部屋を見せながら、最後にテラス付きの豪華な寝室に連れていった。テラスには夕食が用意されていた。

マチルダは部屋をゆっくりと一周した。「ハビエル、ここは……広すぎる」

彼は眉をひそめた。「きみが子供の頃に住んでいた家は、もとは城だったことを僕が知らないと?」

マチルダは小さなため息をついた。「そうかもしれないけれど、私はまだ子供で、あんな大きな住まいを維持するのに何が必要か、どれだけ費用がかかるのか、まったく理解していなかった。でも、今はわかる」

「費用を気にする必要はない。きみは客だから、主人である僕には最高のもてなしをする義務があるし、その余裕もある」

顔をしかめながらも、マチルダはテラスに出て一人分の食事が用意されたテーブルを観察した。「あなたのお母さんは、ここにはヨーロッパ随一の料理人がいると言っていたわ」

「そのとおり。母は、僕からエミールを奪うチャンスをうかがっている」

「エレナらしいわ」マチルダはほほ笑んだ。「あなたは一緒に食事はしないの？」

「今晩はやることがたくさんある。スコットランドへの往復で一日を無駄にしたものだから」

彼女は眉をひそめた。「その必要はなかったのに。放っておいてくれればよかったのよ」

ハビエルは取り合わなかった。

マチルダは部屋に戻り、彼に歩み寄った。まだ冴《さ》えない登山服を着たままで、髪は乱れている。菫《すみれ》色《いろ》の瞳には、彼が見たくなかった表情をたたえていた。豪華な部屋にあって、彼女は浮いて見えた。

しかし本来、マチルダは資産家の家に生まれ、何不自由なく育った裕福な女性であり、どんなに豪華な部屋であってもしっくりくるはずだった。

とはいえ、なぜ彼女が隠者のような暮らしをすることを選んだのか、ハビエルは気にするつもりはなかった。自分の家なのに、なぜマチルダに見つめられて落ち着かない気持ちになるのかも。


「食べて、ゆっくり休むんだ、マチルダ。これからの半年間は忙しくなるから」そう言ってハビエルは踵《きびす》を返した。彼女を置き去りにして。

さまざまな理由から、マティはなかなか眠れなかった。もっとも、寝つきがいいほうではないので、いらだつこともなく、自分が置かれている状況について思案にふけっていた。

静寂の中、一人でとった食事はとてもおいしかった。

一人で過ごし、一人で食べ、一人で寝る――それが好ましく思えるのは、マティ自身の住まいでのことだった。自分が選んだ空間、自分が選んだ孤独だから。誰かが住んでいる家で一人でいるのはまた様相が違ってくる。自分の家ではないし、好きなように過ごす自由もない。

マティはため息をついて身を起こし、巨大なベッドの上に座った。それもまた大きな変化だった。コテージにはすてきなシーツがあるが、ベッドそのものは狭い部屋にふさわしい狭小なものだった。一方、このベッドはコテージの寝室の二倍はありそうだ。

私はこんな茶番につき合うつもりだったの？　ここを出て、タクシーを呼んで、自分の居場所――スコットランドへ帰ることもできる。でも、ハビエルが追いかけてくるのは間違いない。彼は決して〝ノー〟という返答を受け入れない。とりわけ亡き父の意向に関しては。

ふいに父親の記憶がよみがえった。喪失の悲しみに浸らないよう、何年も思い出すまいとしていたにもかかわらず。父との関係は良好だった。物心がつく前に母親が亡くなって以来、二人きりの生活が長く続いた。十代の頃、全寮制の学校に行くことに抵抗しなかったのは、父親が自分にはできないことを娘に経験させたかったからだとわかっていたからだ。いついかなるときも、娘に対する父の愛情を疑ったことはなかった。

エレナとの結婚、それに伴ってハビエルを家族に迎え入れることも、マティは反対しなかった。だが、父親が熱心にハビエルを指導することに対しては嫉妬を覚えた。寄宿学校への週に一度の電話で、父親が義理の息子を自慢げに話すことにも。

とはいえ、ユアン・ウィロビーは愛と知恵を備えた善良な人間であり、よき父親だった。だから、ビジネスやお金よりも植物や科学に興味があったマティは、ハビエルと父親の関係を羨ましく思うことはあっても、不快に感じたことはなかった。

義母エレナとの関係も良好だった。エレナは化粧の仕方を教えてくれたし、母親に泣きつきたくなるような失礼なことを男の子にされたときになんと言えばいいかも教えてくれた。父親が亡くなってからも二人の関係が希薄になることはなく、マティは義母に感謝していた。

ときどき不思議に思うのは、温厚で寛大なエレナのもとで、なぜあんなに頑迷な息子が育ったのかということだった。世界中を魅了しながら、母親とはその一滴さえも分かち合おうとしない。

もちろん、マティとも。

血のつながっていない妹に、ハビエルは常に義務として接していた。冷酷ではないし、温かみがまったくないわけでもないが、常に本当の肉親以上の責任感に縛られていた。ピエトロとつき合っていたときでさえ、ハビエルは遠くから彼女を見守っていた。

今回のばかげたシナリオ自体、マティに対して彼がするべきこと――ユアンに対して追うべき義務の一環にすぎなかった。

マティは窓に向かって顔をしかめた。カーテンが引かれていたので外は見えないが、彼女は戸外に出たかった。ハビエルは庭園になんの関心もないようだった。庭園も植物も、ただ購入した家に付随していただけだ、と彼は言った。

彼女はベッドを飛び出した。ハビエルが追ってくるに違いないなら、スコットランドに帰る意味はない――そう思い、マティはここで好きなように過ごそうと決めた。まずは夜の庭園巡りから。

彼女は部屋から飛び出し、ドアだらけの曲がりくねった暗い廊下を探検し始めた。玄関の位置は覚えていたが、裏口を見つけたかった。

ドアの一つは外に通じているはずで、マティは分厚いドアを次々と開けていった。書斎、居間、そして空っぽの寝室……。

正直な話、その部屋の広さは常軌を逸していて、スタッフの手間を増やすだけのように思えた。

マティは別の廊下に入り、外につながっていそうなドアを見つけた。古びていて重かったからだ。けれど、ドアを開けたとたん、すぐにそこがハビエルの寝室だとわかった。なぜなら、巨大な四柱式ベッドの傍らに上半身裸のハビエルが立っていたからだ。着替えの最中だったらしい。

マティは凍りついた。ドアノブに手をかけ、顔をのぞかせた状態で。隆々とした筋肉、白い傷跡のある日焼けした肌、ズボンのウエストに吸いこまれていく黒い体毛……。

稲妻が走り、強風が吹き荒れ、氷のような雨が降り注ぐ嵐に巻きこまれたようで、息をするのもままならない。自分の中で生じた反応がなんなのかマティは理解できなかったが、この瞬間のすべてが危険だと察知した。

それでも、逃げなかった。なぜなら、彼女は臆病者ではないから。

マティは咳払《せきばら》いをして、嵐からの脱出口を見つけようとして言った。「庭に通じるドアを探そうとしていたの」自分のきしんだ声にいらだちながらも、マティは思った。もっとひどいことを言わずにすんでよかったと。たとえば、その傷はどうしたの、とか。

「代わりに、僕の寝室のドアを見つけたわけか」ハビエルはそっけなく応じた。

「ごめんなさい」マティが謝ったのは、ハビエルがいかに自分のプライバシーを重んじるか知っていたからだ。「お取りこみ中でなくてよかったわ」頬が熱くなるのを感じながらも、彼女は世知に長《た》けた女性を装って言った。

「ここに女性を連れてきたことはない」ハビエルは不機嫌そうに言いながら、さっきまで着ていたシャツをベッドから拾い上げて再び羽織り、ボタンを留めだした。

男性一人の寝室にしては豪華すぎることを考えると、彼の発言にマティは虚をつかれた。「でも、とてもすてきな部屋ね」

ハビエルがボタンから顔を上げた。激しく鋭い目だった。「そして僕のものだ」

そう、彼はいつも自分の所有物だと見なしたものを、断固として守ってきた。マティは彼に〝おやすみ〟を告げて部屋に戻るべきだった。

安全な場所にね、と心の声がつけ加える。

そうする代わりに、マティは愚かにもその場に立ちつくし、胸をどきどきさせていた。

「おいで」ハビエルが手を差し出した。

そのとたん、マティの心臓は喉元までせり上がった。息をするのもやっとで、全身が燃えているようだった。まさか、彼は……。

我ながらばかげた考えだとマティは思った。ハビエルはベッドの相手をあまり選り好《えごの》みしないようだったが、マティをそのような目で見たことは一度もなかった。そして、彼女も彼にそんなふうに見られたくなかった。たぶん。

マティは彼に触れたいとは思わなかった。それを認めるのは、自分の心が罪深いところへ行ってしまったことを認めることになる。だから彼女は、抱くべきでないとわかっている不穏な感情をすべてのみこみ、顎を上げた。

彼女はもう、いつか自分も男性に愛される、大切にされると夢見る無邪気な少女ではなかった。今のマティは大人であり、愚かな憧憬に裏切られる恐れはなかった。自分がハビエルにとって責任を負うべき妹以上の存在になることを望んでいなかったし、そうなる可能性もなかった。

だから、マティは安心して一歩前に進み、彼が伸ばした手を取った。熱くて、大きくて、固い手を。ハビエルが肉体労働に従事する姿は想像できないうえ、ましてその時間があるとも思えなかった。しかし、彼の胴には傷跡があった。その昔、つまりマティの父親の会社の役員室で高価なスーツを着て座るようになる前に、何かまったく別の仕事をしていたのだろう。

彼はマティをフレンチドアへと導き、空いているほうの手でドアを開けて、彼女を暗い夜の中へと連れ出した。美しいバルコニーが広がり、石造りの階段がおとぎ話さながらの月夜の庭へと続いている。

暗い土の香りがマティの鼻をくすぐり、葉や花びらが植物の持つ愉快な秘密をささやく。あまりの美しさに、あまりの驚きに、彼女は自分の手が彼に握られていることを忘れていた――ハビエルが彼女の手を放すまでは。

マティは庭園から彼へと視線を移した。

「楽しんできてくれ、親愛なる人《カリーニョ》」

4

ハビエルは唐突にマチルダから離れた。何か奇妙なことが彼の身に生じていた。それは彼女のせいであるはずがないので、ほかにその原因を求めなければならなかった。

マチルダは階段を下り、庭に入っていった。月光に照らされた金色の顔に笑みを浮かべている。今はもうあのくすんだ茶色の登山服は着ていないが、パジャマではたいして変わり映えがしなかった。生地はいかにも柔らかそうに見えたが。

彼女はベルベットのような長い葉を指でなぞり始めた。そのときまで、ハビエルはいつの間にか自分が階段のいちばん上まで歩いていたことに気づかなかった。植物のような単純なものに、あれほどうれしそうに触れる女性を見るのは初めてだ。彼女にあんなふうに触れられたら……。

まあ、どんなものかと想像するのはやめておいたほうが無難だ。マチルダがいきなり僕の寝室に入ってきたとき、彼女の目が僕の裸の胸に注がれていたことについても。

だが、なぜ想像してはいけないんだ？　男としての正常な反応にすぎないのに。

だが、マチルダは僕の領域に侵入してきた。誰も立ち入ることのできない僕の私室に。ここに立ち入るのはスタッフさえも厳しく制限している。なぜなら、僕だけの聖域だからだ。

それに、なぜ僕は彼女を裏庭へといざなったのだろう？　ハビエルの自問は続いた。彼自身は裏庭を散策するなどめったになかった。寝室に対するほど独占欲を覚えることはないが、庭が彼女の居場所のように見えるのは気に入らなかった。

マチルダが庭を巡り歩くのを、ハビエルはバルコニーでじっと眺めていた。視線は彼女の一挙手一投足を追っていたが、足が動くことはなかった。彼女は植物の一つ一つを少なくとも五分は観察している。

彼はため息をついた。

「そろそろ引き上げないか。朝になっても庭園はそこにあり、変わりはないよ」

「それはあなたの認識不足よ、ハビエル。ある花は陽光を浴びて咲き、ある花はしぼむ。朝と夜では庭園は一変するの」

彼女の言葉がまるで自分の中にある暗い予感を言い当てているように感じられ、ハビエルは気に入らなかった。このところ、彼の許可なしに何かが変わることはなかったからだ。

「夜はぐっすり眠るよう忠告しなかったか？」

マチルダは首を傾けて彼を見た。もし彼女の髪が月明かりに照らされてきらきら輝いていなければ、また彼女がパジャマ姿でなければ、ハビエルは女神像だと信じたかもしれない。

「私は子供じゃないわ。私の意思に反して私をここに連れてきて、あなたは後見人のように思っているかもしれないけれど、私は大人の女よ」

この瞬間、彼女がどれほど魅力的な大人の女性に見えたとしても、ハビエルは認めたくなかった。だが、彼は二人の置かれた現実を見つめた。それが最も重要だからだ。「おいしい食事が保証される邸宅に連れてこられ、あらゆる欲求を満たしてもらえるなんて、きみはなんという悲劇のヒロインだろう」

マチルダの口元がこわばった。「自立、自由、主体性への欲求以外のあらゆる欲求がね。最高だわ」

「そして……」ハビエルは彼女の皮肉を無視して続けた。「僕はきみを引きずってきたわけではないし、きみの誇張癖は大人の女には似つかわしくない」

マチルダは小さな声をあげた。笑いとも嘲りともつかないが、その両方の印象をハビエルに与えた。そして、彼女は階段をのぼり、最後にもう一度、眼下に広がる庭をしげしげと眺めた。それからバルコニーにいる彼の前に無言で立ち、探るように彼の顔をのぞきこんだ。手を伸ばして彼女の髪に触れたいという衝動を抑えるために、ハビエルは両手を脇に垂らして拳を握った。

「私は今ここにいる」マチルダは彼の家を身ぶりで示した。彼が購入し、住んでいる豪邸を。

その家は彼が支配するもののすべての象徴であり、これからもそうあり続けるだろう。

「だから、このラウンドはあなたの勝ちよ」マチルダは真剣に、そしてその目に悲しみをたたえて言ったかと思うと、微笑を浮かべながら彼の横を通り過ぎた。「残りはまた今度ね」

マチルダが彼の寝室を出てドアを閉めるのを、ハビエルは見ていなかった。ただ、自分の片方の拳に目を落としていた。それは、父の拳に見えた。

だが、その思いを振り払い、ハビエルは自分に言い聞かせた。彼女の言う〝残り〟に勝たなくてはならないと。ユアンのため、自分のプライドのため、そしてマチルダのために。


翌朝、マティは寝室のドアをノックする音で目を覚ました。大きなベッド、広々とした部屋の奇妙な暗さ、そして泥のように眠っていたことに混乱し、彼女はしばらくそこに横たわり、まばたきをしながら、何が夢で何が現実なのか考えていた。

マティが応答する前にドアが開き、初めて見る女性が入ってきた。きびきびした動きで窓辺に向かう。

「おはようございます、ミズ・ウィロビー」

「ああ……おはようございます」マティはベッドに座ったまま、しどろもどろに応じた。

女性がカーテンを開けると、まばゆいばかりの陽光が差しこんだ。窓の外には青空が広がっている。

「今、何時？　それに、あなたは誰？」

「カルメン・ペレスです。これから半年間、もしくはあなたが結婚するまでの間、あなたのアシスタントを務めます」カルメンはまだベッドにいるマティを見て続けた。「ミスター・アラトーレは舞踏会までの二日間、厳しいスケジュールを課しているので、そろそろ起きていただかないと。もう八時半です」

マティは頭を働かせようとした。いつもは朝型だが、それはスコットランドのコテージでのことで、見知らぬ人に振りまわされることはなかった。「まずはどうすればいいのかしら？」

カルメンは肘の間に挟んだタブレットの画面をたたいた。「すぐに着替えてください。朝食後、明日の夜に着るドレスを決めなければなりません。のんびりしている時間はないのです」

マティはベッドに座りながら、これは生々しい悪夢だろうかと考えた。自立していた三年間が、あっという間にただ命令されるだけの暮らしになった。父親のばかげた遺言のせいで。そんなふうには決してさせない。マティは笑みを浮かべた。「私が着替える間、ずっとそこに立っているつもり？」

「プライバシーが必要なら、着替えの間だけ、外に出ていましょうか、ミズ・ウィロビー？」

明らかに嘲りのこもったカルメンの物言いに、マティは気づかないふりをした。「それよりももう少しプライベートな時間が欲しいわ。三十分後に朝食で会いましょう」

カルメンは口をとがらせた。「三十分も時間をとれません」

「時間ならいくらでもあるはずよ」

「いいえ、ミスター・アラトーレがあなたの一日のスケジュールをお決めになりました。もし、あなたがもっと早く起きてくれていたら……もう少し余裕がありました」

マティは呼吸を整えて爆発しそうな怒りを抑え、おざなりな笑みを浮かべた。ハビエルとスケジュールについて話し合ったことは一度もなかった。アシスタントのことも、何もかも。「なぜ当人はここにいないの？」

「彼は多忙なの。あなたがスケジュールどおり明日の舞踏会に出られるようにするのが私の役目です」

ハビエルは私を買い物に連れていくつもりはなかったのだ。でも、なぜ彼は私にそう言わなかったのだろう？　どうして私を避け、いきなりこの女性をよこしたの？

気に入らない。マティはハビエルやこの見知らぬ女性の言うことに従うつもりはなかった。

「では、十五分後に朝食の席で会いましょう。でも、あなたがこの部屋の中やドアの外に立って監視するつもりなら、準備に取りかかるのは無理よ。私は囚人じゃないんだから」

カルメンは目を丸くしたりしなかったが、マティはなぜか彼女がそうしたかのような印象を抱いた。

「お好きなように、ミズ・ウィロビー」アシスタントは冷静に返した。「でも、十五分以内に一階に下りていらっしゃらなければ、残念ながら朝食を抜くことになりますよ」

「それは残念ね」マティはほほ笑みながら答えたものの、ベッドを出るそぶりを見せず、ただカルメンの冷ややかな視線を受け止めた。私はハビエルが立てたスケジュールに縛られたりしないとばかりに。

そうよ、自分に関することは自分で決める。

ついにカルメンは部屋を出ていった。お互い、第一印象はかなり悪かったに違いない。これから数カ月間、私のアシスタントを務めるとカルメンは言ったけれど、実際はハビエルに雇われた指南役兼監視者にすぎない。そう思うとマティは不快になり、眉根を寄せてベッドから出て、急いで着替えた。なぜなら、彼女は自分以外の誰かが決めた計画ではなく、自分の立てた計画に沿って動くつもりだったから。

おそらく明日の夜は舞踏会に行き、ハビエルが会わせたがっている男たちに会うだろうが、彼の指示どおりに動くのはいやだった。

マティは急いで部屋を出て、カルメンのいそうなダイニングルームとは反対の方向に足を向けた。外への出口を見つけると、暖かな日差しが降り注ぐ戸外に飛び出し、高原の朝とは大違いの敷地を歩いた。

この散歩には目的があった。庭師を見つけたものの、初めのうち彼はそっけなかった。マティが自分の主張は事実だと証明するまで。やがて、庭師は彼女が提言した小さな区画の鉢の植え替えに同意し、マティの求めに応じて新たに植える植物を用意した。

「ミスター・アラトーレは、すっきりした見た目にこだわるお方です。何を植えるとか、どんなふうに手を入れるとか、そういうことにはうるさくない。彼が何より大事なのは統一感、形式なんです」

「心配しないで、アンドレス。彼は私が説き伏せるから」

植えたいものをすべて一輪車に積み終えると、マティは晴れやかな笑顔をアンドレスに向け、彼の気が変わる前に、一輪車を押し始めた。胸を躍らせて目当ての区画に向かいながら、マティはここは自分の土地だと確信した。ガーデニングに飽きることはないだろうから。

マティは道具と鉢を整え、交換が必要な枯れかかった植物を取り除く作業に取りかかった。その日は暖かく、彼女は一帯を片づけるだけで汗をかいた。休憩がてら、家を振り返ったとき、建物の少し手前のパティオに下りる階段が目に入った。見覚えがある。昨夜、その階段を下りて庭を散策したのだ。

つまり、階段をのぼれば、ハビエルの寝室のバルコニーに出る。もし彼が昼間そこに立って外を見たら、この小さな土地で作業にいそしんでいるマティを発見するに違いない。

彼が庭を眺めることはないだろうが、ハビエルが好む幾何的・直線的な植栽ではなく、抽象的・非直線的な植栽によるガーデニングに、マティは倒錯的な喜びを覚えた。改めて作業中の区画を眺め渡すと、明らかに直線や畝をつくるのに適していない。少し野性味が必要だった。大輪の花や、鮮やかで魅惑的な緑が。彼女はアンドレスと相談して、格子造りの東屋《あずまや》やトレリスを新たに設けることにした。

マティはこの邸宅にいる限り、庭を自分のものにするつもりだった。

カルメンがやってきたとき、マティはたいして驚かなかった。けれど、カルメンが襲いかかるような勢いで近づいてくると、いささかたじろいだ。

「ミズ・ウィロビー、あなたは約束を破りました」

「何か約束したかしら？　私が覚えているのは、あなたがハビエル・ジュニアさながらに私に命令したということだけよ」

カルメンの顔がますます引きつるのを見て、マティは罪悪感を覚えた。なぜなら、カルメンはハビエルの指示に従っているだけなのだから。

「もう作業が終わったのなら、買い物に行かなければなりません」マティの汚れた手を恐る恐る見やりながら、カルメンはきっぱりと言った。「明日の夜、あなたが着るものについて、ミスター・アラトーレから厳しい指示が出ているんです」

ああ、いよいよ本当に手に負えなくなってきたみたい……。マティはかぶりを振り、植物に意識を戻した。「だめよ、カルメン。まだ終わっていないし、すぐに終わるものでもないの」

「スケジュールは決まっています」

「それはハビエルから与えられたものでしょう。私にはなんの相談もなかった。だから、従うつもりはないの。明日のスケジュールについて相談したいのであれば、私のところに来てと彼に言ってちょうだい。この作業が終わったあとでね」

「あなたは私の上司ではないわ、ミズ・ウィロビー」

マティは立ち上がり、カルメンをにらみつけるようにして振り向くと、必要以上の力でコテを土に突き刺した。「そして、あなたは私の上司じゃない。ハビエルがどう思おうと、何を言おうと、彼も私の上司ではない。私は自分の人生をコントロールできる自立した女なの」彼女は誰かに、どうにかして、そのことを訴えようとしていた。

5

マチルダがいるところは見当がついていた。ハビエルは家を通り抜けて裏口から外に出た。案の定、ハミングが聞こえてきて、彼は音源をたどっていった。

彼女は道具や植物に囲まれて土の上にひざまずいていた。汚れ、汗まみれで……幸せそうに見えた。

その瞬間、あまりに多くのことがハビエルの胸に突き刺さった。暗く強烈な怒りに加え、新たな何かが彼の胸に亀裂を走らせた。

すべてが間違っている。すべてが受け入れがたい。

ハビエルは彼女の背中をにらみつけたが、怒りを爆発させるのはなんとかこらえた。彼は父親とは違う。内に時限爆弾のような癇癪玉《かんしゃくだま》がいくつ潜んでいようと、彼はそれをコントロールしていたし、今後も変わらないだろう。

彼は精いっぱい平静を装った。「カルメンから、きみが買い物に行くのを延期したと聞いた」

ハビエルはいつもより早く帰宅したが、マチルダと対峙《たいじ》する前に気持ちを落ち着かせる必要があると自覚していた。それでも、部屋に引きこもったり、酒を飲んだりはしなかった。

カルメンからの報告は芳《かんば》しいものではなかった。ハビエルは、自分に対してマチルダが反抗的な態度をとることはわかっていたが、カルメンの言うことなら聞くだろうと踏んでいた。

どうやら見込み違いだったようで、マチルダを説教する必要があった。手に負えない思春期の子供に対するように。彼女とはできるだけ距離をおくつもりだったにもかかわらず。

マチルダは振り返ることもなく、彼の出現に驚くこともなかった。しかし、ハビエルは彼女の背筋がこわばったのを見逃さなかった。

「疲れていたのよ」

「きみに嘘《うそ》は似合わない」

ようやくマチルダは土に植えた植物から顔を上げ、反抗的な菫色《すみれいろ》の目で彼を見た。「じゃあ、正直に言うわ。前もって何も聞いていない買い物に出かける気がしなかった。事前に相談がないことは、いっさいやりたくないの」

「どんなドレスを着たいか、店できみの意向を聞こうと思っていたんだ。もはやきみに発言権はない」

マチルダは自分のかかとの上にヒップをのせ、失望というにはあまりにも現実離れした表情で彼を見つめた。

彼女がなぜ失望しているのかわからないまま、ハビエルは続けた。「朝一番に行くんだ。カルメンがドレスを選んで、サイズが合うかどうか確認する。きみは明日、舞踏会の準備に一日を費やすことになる。カルメンの指示に従って」

「もし私がそうしなかったら？」

「夫が見つからなかったらどうなるかは、すでに説明した」

「ええ。でもあなたは、私が毎日、あなたの望むように過ごすことについては、なんの脅しもかけなかった。だから、私をあなたの命令に従うロボットのようにしたいなら、新しい罰を考えることね」

マチルダは立ち上がり、膝についた土を払った。そして彼と面と向かうなり、身構えた。まるで戦闘態勢に入ったかのように。

ハビエルは彼女とも、誰とも戦いたくなかった。ただ物事が思いどおり進むよう望んでいた。

「今朝、あなたは私にカルメンを紹介するべきだった。私のスケジュールについて相談するべきだった。

私はあなたの囚人じゃないし、子供でもない」

「僕はファッションやドレスに通じていない」ハビエルははぐらかした。

「ハビエル、私はあなたが私を買い物に連れていくべきだとは言っていない。私が言いたかったのは、毎日をどう過ごすか、誰に手伝ってもらうか、ある程度の発言権を与えてほしいということなの。私はあなたの望みに従ってここにいるのだから、何かを押しつける場合、私にあらかじめ説明するのが筋じゃないかしら」

「僕は忙しいんだ、マチルダ。僕にはお父さんの会社を経営するという重大な責任がある。それに、スコットランドにきみを迎えに行くために僕が休みを取らなければならなかったことを思い出してくれ」

マチルダはかぶりを振った。「あなたがスコットランドに代理人をよこさなかったことには驚いたわ。でも、それ以上に疑問に思っていることがあるの。

物事を尋常でないくらい慎重に処理するあなたが、なぜこんなひどい扱いをするのかということよ」

ハビエルは目をしばたたいた。自分の手際の悪さを非難されたことなど記憶になかった。

「そして、私が導き出せる唯一の結論は、あなたは恐れているということよ」

その指摘は、彼が嘲笑気味に眉をひそめるには充分におもしろかった。「僕が何を恐れていると?」

「私を」

一瞬、ほんの一瞬、ハビエルは全身を何かに貫かれたような衝撃を受けた。彼が抱えている影の部分を明るい光に照らし出されたような。

マチルダは続けた。「正直な話、その理由ははっきりとはわからない。思うに、私と一緒に過ごして、私が生身の人間であることを認めてしまったら、この茶番劇がいかにばかげているかを悟らざるをえないからじゃないかしら。もしかしたら、ハビエル・

アラトーレは心のどこかで罪悪感を覚えているんじゃない？」

「そんなことはありえない、親愛なる人《カリーニョ》」

「じゃあ、一緒に夕食をとって。同じテーブルについて、大人として話し合いましょう。私を部屋に閉じこめたり、スタッフを押しつけたりするのはやめて、私と正面から向き合って」

「昨夜、僕はきみの相手をしただろう？」ハビエルは意図した以上に口調が威圧的になっているのを自覚した。

マチルダは頬を染めて言い返した。「私はあなたの従業員じゃないわ、ハビエル。あなたの指図に従う義務はない。当然ながらカルメンの指示にもね」

彼女の言うことにも一理あると気づいて、ハビエルはいらだちを覚えた。僕から給料をもらっていないマチルダが僕の機嫌をとる必要はないし、経済的な事情を除けば、彼女が屈服する理由もない。

そう思うと、ハビエルはいっそういらだった。だから、議論を続けていきり立つ危険を冒す代わりに、なんの説明もせずに無言で踵《きびす》を返した。そうした態度こそ、マチルダの不満の源かもしれないと思いながら。

ハビエルは厨房《ちゅうぼう》のスタッフに夕食をパティオに運ぶよう指示してから、マチルダのところに戻った。彼女は道具類を片づけていたが、まだその場を離れる気配はなかった。

マチルダは明らかに、彼が戻ってきたことに驚いていた。厨房のスタッフが、寝室へと続く階段の途中にあるパティオのテーブルに食事を用意し始めると、さらに驚いたようだった。

「夕食を共にしながら、きみがしたいことについて話し合おう」ハビエルは彼女を少しも恐れていないことを示したかった。もしマチルダと一緒に過ごすことに不安を抱いているとしたら、そもそも彼女はここにいないはずだ。スコットランドからわざわざ彼女を連れてくるわけがない。

その考えに満足し、ハビエルは彼女が手を洗っている間にテーブルについた。マチルダは汚れた膝と乱れた髪のまま、彼の隣に座った。彼女は一日の大半を庭いじりで過ごしたに違いない。

マチルダが皿に料理を盛りつけている間、ハビエルは庭に目をやり、彼女の仕事ぶりを眺めた。区画全体が小さな新しい植物で埋めつくされている。すべて異なる色合いの緑で、いくつかは小さな青い花を咲かせていた。そして、整然としたところがないことにハビエルは顔をしかめた。まるで雑多な植物の寄せ集めのようだ。

「ああいうのは僕の好みではない」

「何もわかっていないのね。かなり見映えがよくなるはずよ」マチルダは庭を見渡し、ほほ笑んだ。喜びと満足感に満ちた本物の笑顔だ。「ちょっと想像力を働かせてみて」それから彼女は旺盛な食欲を発揮して食べる合間に、自分のイメージを彼に語って聞かせた。トレリスや花の話をするときは興奮に頬を紅潮させて。

ハビエルは植物に興味はなかったが、マチルダが植えていた二つの植物の違いを知りたいと思った。というのも、彼女が身ぶり手ぶりで熱心に話していたからだ。マチルダは笑みを浮かべ、瞳をきらきらさせながら説明した。

その説明の仕方は、ハビエルにビジネスの合併計画を連想させた。どの植物がお互いに利益をもたらすか、どの植物にもっと広い空間が必要か。日当たりをよくしたり、日陰を増やしたり。多くのことを考慮しなければならない。

気づいたときには、ハビエルは彼女に多くの質問を投げかけていた。夕食の間ずっと。

しかし、ふいにこんなことではいけないと悟り、ハビエルは咳払《せきばら》いをして、大事なことに集中しようとした。もちろん、それはマチルダの趣味でも、彼女の美しさでもない。「きみの計画は非常にすばらしいが、ここの庭園全体をつくり直す時間はないだろう。だから、僕は庭師を雇っているんだ」

マチルダは眉根を寄せた。喜びが顔から消え、彼の胸に痛みをもたらした。「ハビエル、あなたも知ってのとおり、私はかつて裕福な上流社会で暮らしていた。そういうところで暮らす人間には好きなことをする時間はたっぷりあるはず。今もね」

「それはきみに婚約者がいた頃の話だ。今、きみは婚約者を探している身だ。そして、それが見つかるまで、きみの時間は僕のものだ。朝一番にカルメンと買い物に行くんだ。これは譲れない。明晩の舞踏会以降のスケジュールについて口を出したいのなら、それはきみとカルメンの問題だ。きみが義務を守る限りは」それが妥協のように感じられたのは気に入らないが、未来の夫に会う準備さえきちんとしていれば、彼女が毎日何をしようと、僕には関係ない。

マチルダは長い間ハビエルを見つめ、そしてほほ笑んだ。「よくわかったわ」

口論と安易な合意。口論はハビエルに頭痛を与えた。そして合意に関してはまったく信用できなかった。「向こう半年、きみにふさわしい服でワードローブをいっぱいにしてくれ。ドレスやきみの地位に見合うエレガントな服で。そんな殺風景な登山服はもういらない」

「当然ね」マチルダはあっさり同意し、ナプキンで口元を拭って皿の上に置いた。

「ここでは僕が主導権を握っている」

マチルダは立ち上がり、口をとがらせた。「ハビエル、どうしてそうじゃないと思うの？」そう言って彼女は腰を揺らし、大人びた自信に満ちた足どりで歩きだした。まるでハビエルのコントロールから逃れるかのように。

マティは買い物になど行きたくなかった。とりわけカルメンと一緒には。それでも翌朝、支度をした。従順になるつもりはないが、すべてのスケジュールをこなした。たとえほかにやりたいことがあったとしても。

本人は認めないだろうが、昨夜ハビエルは妥協した。夕食を共にし、マティに何を期待しているか話し、庭の植え替えについて興味深そうに質問を重ねもした。そんな彼の態度に、マティは胸がときめくのを抑えられなかった。けれど、目が合った瞬間に彼は表情を曇らせ、いつものハビエルに戻った。

だが、彼の妥協に敬意を表し、マティはカルメンと一緒にドレスを買いに行くことにしたのだ。

だからといって、何かを買わなくてはいけないわけではない。


二人は、マティが若い頃に来たことのある小さな店に着いた。ピエトロと一緒にイベントに参加していた頃、彼女は一人でこの店で買い物をしたのだ。そのことを思い出し、ただでさえ不安定な気分がさらに悪化した。

「今夜の舞踏会にふさわしいものをいくつか選びました」カルメンは得意げに言った。「早く決めれば、お直しも間に合うでしょう」

マティは店内を通り抜け、豪華なドレッシングルームに案内された。私がこの手のことを最後に楽しんだのはいつだったかしら？　彼女は自問した。私がピエトロの小さな宝石だった頃？　まったく……。

カルメンがきらびやかなドレスを広げている女性店員を身ぶりで示すと、マティの眉間に刻まれたしわはいっそう深くなった。

「どうぞ好きなものから試して」カルメンが促した。

「どれもすてきなものばかりね」マティは厳格な上、

しにならないでしょう」

「彼は私の監督官ではないし、これはリネンのパンツで、パジャマではないわ」

「ミズ・ウィロビー、きっと妥協点が見つかりますよ」店員が緊張した面持ちで割って入った。「皆さんが納得できるものが」

私は自分さえ納得できれば、それでいいの。マティはそう言いたかった。しかしそれでは、かつてタブロイド紙に書きたてられたように、甘やかされたおばかさんのように思われてしまう。そこで、彼女は妥協点を見つける必要があった。

「カルメン、あなたがハビエルから私の面倒を頼まれているのは理解しているけれど、無意味よ。ハビエルのことは私に任せて」

しかし、カルメンはマティが言い終わる前から首を横に振っていた。「今朝の私の仕事は、あなたにドレスを用意することです。あなたが選ぶか、私が許可したものの中から選ぶか、どちらかですよ。会にふさわしくないわ」

司にほほ笑みかけた。「でも……今夜はこれを着ようかしら」リネンのパンツとゆったりとしたTシャツを眺め下ろす。「ガーデニング用の服があったらうれしいのだけれど……」

カルメンは店員ともども口をぽかんと開けてマティを見つめた。「すみません、お嬢さん《ペルドン》。その服は舞踏会にはふさわしくないわ」

「ハビエルが舞踏会のためにきらびやかにしてほしいと言うのはわかるけれど、窮屈なドレスに厚化粧、履き心地の悪いヒールを履かせられるのはいやなの。ネックレスはつけてもいいけれど、それ以外はこのままの服装で快適に過ごしたいわ」

「ミズ・ウィロビー……」カルメンはまだ戸惑いながらも、きっぱりと言った。「パンツはだめです」

「どうして?」

「舞踏会なんですよ。そんなパジャマで参加するなんて、許されません。ミスター・アラトーレもお許選ぶかは、あなたしだいよ」

その物言いはハビエルと酷似していて、マティはかっとなった。「カルメン、あなたはドレスを百着選ぶこともできるでしょうが、私は誰の操り人形にもならないし、結婚もしない」

「わかりました」カルメンは穏やかに返したが、その目は氷のように冷たかった。「ドレスは用意しません。その格好で舞踏会に出席してもらいます。そして、あなたもミスター・アラトーレも笑いものになり、あなたの写真はあらゆるメディアに掲載されるでしょう。あなたにはその経験があるので、それが狙いなのかしら」

マティは顔から血の気が引くのを感じた。カルメンがピエトロとの騒動を知っているなど考えたこともなかった。だが、カルメンはマティのアキレス腱《けん》を知っていたのだ。

ハビエルの言いなりになる気はなかったが、再びジョークのネタにされるのはもっといやだった。タブロイド紙の一面を飾るのはまっぴらだ。

「あるいは……」カルメンはたたみかけた。「試着室に入って、私が選んだものを着てみてもいいわ。舞踏会にふさわしいドレスを選んでもいいし、ミスター・アラトーレに対する不快感を表す、より合理的で大人らしい別の方法を見つけてもいい」

恥ずかしさに頬が熱くなり、マティは歯を食いしばって尋ねた。「そんな方法があるかしら?」

カルメンの口元がわずかにゆがんだ。まるでほほ笑んでいるかのように。「煉瓦《れんが》の壁に頭から突っこむようなまねは勧めません。迂回路《うかいろ》を見つけるしかないでしょうね」

そのとおりだと思い、案内されるがままマティはしぶしぶ試着室に入り、カルメンから渡されたものを身につけた。驚いたことに、その濃い紫色の服はパンツで、トップスはストラップレスのボールガウンだった。スウィートハート・ネックラインには複雑なビーズがあしらわれ、それがスカートまで伸びている。ボールガウンのスカートが開くと、脚をぴったりと包むパンツが現れた。夜会服としては申し分ない。

　マティがため息をついたとき、カルメンが断りもなく入ってきた。本物の上司であるかのように、彼女はマティの反応にまったく無関心に見えた。

　とにもかくにも、マティはこれが妥協案にほかならないことを自覚していた。

　そして、それがマティの求めていたものだった。彼女だけでなく、カルメンも、ハビエルも。子供のように足を踏み鳴らし、駄々をこねるのではなく、最善の妥協点を見いだそうとするのが大人のすることなのかもしれない。

「ほらね？　美しい《エルモサ》でしょう？」カルメンはスカートをふんわりさせ、のけぞってマティを観察すると、うなずいてみせた。「これでいいわ」

　マティはもう一度鏡の中の自分を見た。エレガントで、大人の女らしく、どこから見てもパンツだとはわからない。確かに、自分を辱める衣装ではない。彼女はむき出しの肩に手を触れた。「ストラップはある？　袖は？　露出が多い気がして……」

「あなたの肩はきれいよ。髪を下ろせば恥ずかしさは薄れるでしょうし」カルメンはそう言ってマティの後ろにまわり、クリップと髪留めを外した。

　すると、確かに露出度は減った気がしたが、鏡に映る自分の姿は気に入らなかった。ピエトロに恋をしていた頃の自分を思い出したからだ。自分を宝石のようにきらきら輝かせ、みんなに見てもらえるのが幸せだったあの頃を。当時、マティはそれが重要だと考えていた。今は違う。そうした輝きは嘘とむなしさを隠しているだけだとマティは知っていた。もう二度と誰かのお飾りになるつもりはなかった。

しかし、カルメンの言うことにも一理あった。真っ向から異議を唱えるためにその場にふさわしい服装を拒否するのは無益で、ただ違う種類の注目を集めるだけだ。そんなのはマティの目指すところではなかった。目的はあくまでも結婚を避けることだ。そのためにみすぼらしい身なりをする必要はない。ハビエルが義務を果たすのに協力しているように見せかければいいのだ。

もっとも、実際にそうする必要はない。ハイランド地方のコテージに住みたがる女と結婚したいと思う男性はいないだろうから。植物の話を聞きたいと思う男性も。

これは休暇で、ハビエルが諦めるまでの少しの間、スペインを楽しもう、とマティは決めた。

「これでいいわ」カルメンは勝ち誇ったような笑みを浮かべた。「完璧よ、ミズ・ウィロビー」

6

ハビエルは二日連続で早めに帰宅した自分を呪った。カルメンからマチルダのドレス選びに関する経過報告はなかったが、それは順調なあかしだと受け止めていた。それでも、彼には確信が必要だった。なぜなら、今夜の舞踏会は重要だからだ。候補者に引き合わせる予定もある。

彼はルイスやほかのスタッフにかかずらうことなく、自室に直行した。静かな環境——孤独が必要だった。ネクタイを緩め、何も考えずにバルコニーに出る。気持ちのいい天気だったからで、別にマチルダを捜していたわけではない。

だが、彼女はそこにいた。小さな庭に。ばかばかしいほど大きな帽子をかぶっていて、顔を見ることはできないが、時折、横顔がちらりと見えた。

あまりに長い間、ハビエルはひたすら彼女を見ていた。そして無意識のうちに、庭に続く階段に向かっていた。

舞踏会に出席しなければならないのに、マチルダはまだ身支度をせずに庭にいる。叱責するために階段を下りようとしたとき、カルメンの姿が視界に飛びこんできた。彼女が何か言うと、マチルダはため息をもらした。

二人が家の中に入るのを見て安堵《あんど》し、自室に戻ると、ハビエルは数通のメールに返信してから身支度に取りかかった。

これでいい。僕の中にある奇妙な落ち着きのなさ、心もとない感じは、単にマチルダが僕のスペースに侵入してきたことから生じたにすぎない。庭園を台なしにするとか、スケジュールの変更を余儀なくされるとか……。

ハビエルはそれが気に入らないどころか、嫌っていた。だが、半年間なら耐える自信があった。もっとひどいことにも耐えてきたのだから。

もう少し仕事をしたあとで、ハビエルは着替えに取りかかった。いつもと違い、緊張しているのを感じながら。

支度を終えると、カルメンとマチルダがもう待っているに違いない一階へと下りていった。だが、二人の姿は見当たらず、ハビエルは眉をひそめた。彼は人を待つことに慣れていなかった。もちろん、イベントに遅刻して華々しく登場することはよくある。ただし、それは同伴する女性と交際中の場合だ。イベントに出かける前に戯れ合うことがよくあり、そのせいで遅くなるのだ。

ハビエルは時計に目をやった。今すぐマチルダを迎えに行き、まだ準備ができていないようなら、戦術を変えるつもりだった。自分の選んだ求婚者たちとの出会いの場を、あまりプレッシャーのかからない舞踏会に設定したのは、マチルダを思いやってのことだった。しかし、もし彼女が出席しないのであれば、ハビエルは彼らをこの家に順番に連れてくるつもりだった。マチルダにとって不快な夕食会が繰り返されるだろう――彼女が誰かを選ぶまで。

マチルダの部屋に向かおうとしてハビエルはすぐに足を止めた。彼女が階段を下りてきたからだ。赤と紫が彼の視界を埋めた。

洗練された女性とは言えない。マチルダはコテージで見たときと同じように野性味を帯びていた。スコットランドの強風のように荒々しい。泥まみれでもなければ、だぶだぶの登山服を着ているわけでもないのに。

今のマチルダは言わば美しい嵐――稲妻と降りしきる雨だ。ボディスの布地は彼女の胸の谷間に食いこみ、長身のほっそりした体型の魅惑的な曲線を見せつけるかのようにきらきら輝いている。カールした赤い髪は奔放に広がり、化粧はスモーキーで、唇は髪よりも赤かった。

とたんに下腹部がこわばった。それはユアンが彼に与えてくれたすべてを裏切る反応だった。彼女の瞳の色や笑顔の輝き、植物の香りに一瞬心を奪われて、美しいと思ったことはある。だが、何か後ろ暗いものにとらわれるのは、また別のことだ。

「遅かったな」ハビエルは不機嫌そうに言った。

彼女は腕にはめたサテンの手袋を弄んだ。そのしぐさは彼女の真珠のような肌にハビエルの注意を引きつけた。

「カルメンは、あなたは遅刻常習者だと言っていたわ」マチルダは彼と視線を合わせずに応じた。「彼女は髪だけで何時間もかけてくれたの」

「きみはパンツをはいている」わざわざ声に出して

言うほどのことではない。そんな言葉を発した自分がハビエルは信じられなかった。とはいえ、その紫色のパンツは、ありえないほど長い脚を見せつけるようだった。

マチルダの視線が彼に向けられた。その菫色《すみれいろ》の瞳は服の紫色を取り入れたかのように濃くなり、いっそう魅力的に輝いていた。「あなたもね」彼女は眉をひそめた。「私の服に異論があるなら、舞踏会にはあなた一人で行って」

彼女の言葉は無視するのが最善だとハビエルは判断した。自制心を保てと自分に言い聞かせて。「今夜、きみに紹介したい男が三人いる」そう言って彼は腕を差し出しもせずに玄関ドアに向かって歩きだした。できる限り彼女には触れたくなかった。

「三人？」

「僕たちは賭けをしている。気に入った男にまた会う約束をするがいい。ほかの男はお払い箱だ」

「お払い箱？　廃棄？」

「きみがそう考えるなら」ハビエルは答えた。餌に飛びついて彼女と議論するつもりはなかった。少なくとも今夜は。

「もし誰も気に入らなかったら？」

ハビエルはマチルダのためにドアを開け、彼女が穏やかな夕暮れに足を踏み出すのを待った。「金曜日のチャリティ・ガラに、また三人の男を招く」

「大変だこと。私がピエトロと結婚していれば、あなたはもっと楽だったんじゃない？　ピエトロが私に何をしようと、あなたの責任ではなくなるもの」

マチルダがわざと挑発しているのは明らかだった。ビジネスの場でハビエルに向けられる一種のジャブと同じく、彼の痛いところを突いて優位に立つつもりなのだ。

ハビエルは怒りに駆られた。しかし、その怒りが誰の怒りなのか知っていたため、自制心で胸の奥底に押しとどめた。もし自制心がその怒りに打ち負かされたらどうなるか、ハビエルは知っていた。もしその怒りにのみこまれたら……。

ふと振り向くと、マチルダは一歩あとずさり、恐怖に近い何かで目を見開いた。彼女を怖がらせたところで勝利感は湧かない。ただ、いつも怒りにまつわりつく気持ち悪さがあるだけだった。

それこそがおまえの正体だ。闇の声がささやく。

ハビエルはその指摘の正しさを知っていたが、怒りをコントロールする術《すべ》も知っていた。たとえマチルダをコントロールできなかったとしても。

「ピエトロとの茶番からきみを救ったのは僕だよ、マチルダ。僕が介入しなかったら、もっとひどいことになっていただろう。僕はお父さんの代わりに行動していることを思い出すといい。甘やかされた子供みたいな振る舞いは、僕たちのためにならない。僕はきみに選択権を与えるという、とてつもなく寛大なことをしているんだ」

マチルダは歩き始めた。今彼女の瞳に映っているのは恐怖ではなく、怒りだった。「父のばかげた遺言を鵜呑《うの》みにして、私を手当たり次第に男たちの前に放り出し、そのうちの一人と結婚するよう要求することが選択だと思うなら、あなたは妄想に駆られているのよ」

ハビエルは運転手を手ぶりで下がらせ、マチルダのためにリムジンの後部ドアを開けた。「そうかもしれないな、親愛なる人《カリーニョ》。だが、きみに夫が見つかれば、僕は妄想から永遠に解放される」そして二度とマチルダ・ウィロビーを目にすることはない。

会場に向かう車中、マティは無言を貫いた。怒りたかった。憤慨したかった。しかし、彼女は疲れていた。争うのはもううんざりだった。スコットランドに帰りたかった。

今朝、マティは自分に言い聞かせた。大人になるのだと。笑顔を振りまき、好き勝手に振る舞って、誰も自分に興味を示さないことを証明するつもりだった。そして、ハビエルの反応を期待して階段を下り、無意識のうちに彼が何か言ってくれるのを期待し、息を殺して待っていた。肯定的なコメントであれ否定的なコメントであれ。

しかし、ハビエルは遅刻を気にしないとカルメンが断言したにもかかわらず、彼は真っ先に時間について言及した。マティのパンツについてコメントしたものの、そこにはなんの価値判断も含まれていなかった。

マティがどう思おうと、ハビエルは彼女とできるだけ関わりたくないということをはっきりと示した。たとえ昨夜、食事を共にし、ガーデニングについて洞察に満ちた質問をいくつも投げかけたとしても。

そしてなぜか、マティは打ちのめされたような気分になった。そのせいで、なんらかの反応を求めて彼に突っかかるという悪癖がぶり返した。

もしかしたら、さほど不思議なことではなかったのかもしれない。ハビエルは彼女が学校に通っていた最後の数年間、保護者のような役割を果たしていた。親代わりはエレナだったが、主導権を握っていたのはハビエルだった。

だから、反抗は自然なことかもしれないが、マティは彼にある種の成熟を見せつける必要があった。もっと賢くならなければならない。

とはいえ、家を出て孤立した生活を送ることで力や成熟が得られるというのは単なる錯覚にすぎないとわかったときは、少し落ちこんだ。この三年、自分は誇れる女性に成長したと信じていたからだ。

車が会場の前で止まっても、ハビエルはマティが車から降りるのに手を貸そうともせず、建物の中に入る際も腕を取ろうとしなかった。彼は指一本、マティに触れようともしなかった。なぜそんなことにこだわるのか、マティは自分でもわからなかった。ハビエルは恋人ではなく、保護者なのだから。いずれにせよ、ただ彼についていくしかなかった。

広い舞踏室は、タキシードやきらびやかなドレスを着た人たちでごった返していた。一部の人たちの視線は、とりわけ女性の視線は、マティを飛び越え、ハビエルに注がれた。ピエトロとのゴシップを知っていて彼女をじろじろ見る人もいた。

マティはこの瞬間、なぜまたこの世界に戻ってきたのか我ながら不思議でならなかった。スコットランドに戻ってハビエルの干渉から逃げるという手もあったはずなのに。

「あれがきみの選択肢Aだ」ハビエルが耳元で低くざらついた声でささやいた。

そのとたん鳥肌が立ち、マティは自分の神経質な反応にいらだった。「あなたは、候補者のことをそんなふうに呼ぶの？」

「彼の名はクラーク・リン、〈WBインダストリーズ〉の社員だ」ハビエルは彼女の非難を無視して言った。「クラークが入社したとき、ユアンは一緒に働いていて、彼のことをとても気に入っていた」

「ハビエル、あなたは父とさして変わらない年齢の男性を私に引き合わせるつもり？」

彼は重々しいため息をついた。「クラークがきみのお父さんと一緒に仕事をしたのは、大学在学中のインターンシップのときだ。彼は今、三十歳だが、年をとりすぎているというのか？　きみが欲しいのは男の赤ん坊か？」

答えようとしないマティを、ハビエルはバーのカウンターにもたれている男性のところへ連れていった。彼はハビエルの姿を認めるなり、身を起こしてた背筋を伸ばし、笑みを浮かべた。

クラーク・リンはハビエルと同じように洗練され

た身なりをしていた。靴はぴかぴかに磨かれ、ブロンドの髪は後ろにきちんと撫《な》でつけられている。しかし、彼の礼儀正しい微笑に、マティは何か気色悪さを感じた。

「やあ、クラーク・リン」ハビエルは言った。「今夜きみに会えてうれしいよ。ミスター・ウィロビーの娘さん、マチルダを紹介したかったんだ」

クラークは手を差し出し、熱を込めて彼女と握手をした。もう一方の手にグラスを握ったまま。「はじめまして」

「お会いできて光栄です、ミスター・リン」マティも笑顔で応えた。不快なのはハビエルのせいで、この男性に罪はないのだから。

「クラークと呼んでくれないと、父が暗い邪悪な煙になって現れそうで」クラークは自分のジョークに大笑いした。

ハビエルは笑わなかった。「アロンソ夫人と話があるから、失礼するよ。すぐ戻る」ハビエルはそう断ってそそくさと立ち去った。

マティはクラークに目を向け、何を言おうかと思案した。なぜ私がここにいるのか、なぜこんな茶番劇に参加しているのかは、私にしかわからない。

「僕はこういうイベントが好きなんだ」クラークは舞踏室を見まわしながら言った。飲み物を一口飲み、マティを上目遣いで見てから笑みを浮かべた。「慈善活動に熱心に取り組んでもいるから」

「そうなの？　どんな活動を？」バーの傍らにそわそわと立ち、マチルダは尋ねた。

クラークは通行の妨げになる場所に立ったまま、バーテンダーに飲み物のお代わりを注文してから答えた。「母が細かいことをやってくれているから、詳しいことは知らない」眉をひそめて続ける。「たしか、目の不自由な子供たちの支援かな？　母にきいてみたらどうかな？」

マティは顔をしかめるまいと必死だった。

「僕はとても忙しいんだ」クラークは言い訳がましく言葉を継いだ。「WBのシニア・アナリストだから」

「だったら、忙しいのも当たり前ね」

マティの反応が肯定的なのか否定的なのか判断しかねたのだろう、クラークは目をしばたたいた。明らかに彼女は皮肉で言ったのだが、その可能性を振り払うかのように、彼は首を振った。

「僕はきみのお父さんを知っているよ。いい人だった」クラークはお代わりした飲み物を口元に運んだ。

「ええ」マティは同意した。彼の母親が本当に慈善団体で活動しているかどうか怪しいと思いながら。

「彼の下でインターンをしていたとき、よく一緒にゴルフに行ったんだ。きみのお父さんと僕の父が大学の同窓だった縁で。たいていスコアは僕がいちばんだった」クラークは咳払《せきばら》いをした。「きみのお父さんは古いクラブを使うことにこだわっていた。僕は科学にとても興味があるから、最新のものを使っている」

クラークのゴルフ談義は延々と続き、マティは彼の口を見つめ続けるしかなかった。

彼はマティに飲み物のお代わりをする暇さえ与えず話し続けた。彼女はもはや、悲鳴をあげるか逃げ出すしかないと思ったが、それはお互いにとって恥ずかしいことだったので、彼が一息ついて飲み物を飲んだとき、マティは思いついた最初の言葉を口にした。「私の庭の写真をご覧になる？」朗らかに尋ねる。ゴルフクラブに熱中する気持ちがわからない人に彼が情熱を込めて延々と語り続けるのであれば、私が情熱を傾けているものについて語ってもなんの問題もないはずだ。そうでしょう？

「ああ……そうだね」

「ここ数年はスコットランドで過ごしているんです。

植物学にとても興味があり、いくつか実験をしてみたの」マティはハンドバッグから携帯電話を取り出し、コテージの実験的な庭の写真を表示した。「ハイランド地方に自生するスパイクナードを使ったの。これが対照区よ」彼女は中央の四角い区画を指差した。「それから、ほかの区画でさまざまな種類の肥料について実験を重ねたの。すべて同じ植物を使い、同じ日当たりと水を与えて」

「肥料……」クラークがつぶやいた。その話題について話しているのが信じられないというように。

「ええ。選択肢はたくさんあるけれど、予想どおり、厩肥《きゅうひ》が最良という結果になったわ」

ヘッドライトに照らされた鹿のようになっているクラークを見るのを、マティは心から楽しんでいた。

7

ヴァレリア・オルテガと話しているとき、ハビエルはなぜマチルダに目が行くのか理解できなかった。それさえなければ、なんの制約もない、とても楽しい夜になるだろう。

だが、今夜の最大の目的は、マチルダが結婚する可能性のある男を見つけることだ。なのに、彼女はまだクラークとバーにいて動こうとせず、今はどこかのビーチの話をしていた。クラークは彼女に酒をおごったり、ダンスに誘ったりはしなかったが、二人はとても深い会話を交わしているように見えた。

マチルダはクラークを見てにこにこしている。その光景にハビエルは自分の中にある何か暗く醜いものを呼び覚まされ、歯を食いしばった。数日前まで、クラークは彼女の夫として受け入れられるように思えた。ハビエルは一度決めたことを再考することはあまりなかったが、マチルダと楽しそうに話しているクラークを見ているうちに、見直さざるをえない気がした。

WBと多くのつながりのある裕福な家庭という共通項は、少し前まではマチルダとの結婚に有利に働くと思われた。ところが今は、クラークが縁故採用のどうしようもない人間であったことを浮き彫りにしているように思えた。常々当たり障りのない役立たずと思っていた男が、今では危険で無能な男のように思える。マチルダにはもっと強い男が必要だった。彼女の面倒を見てくれる男、彼女を正しい方向に導いてくれる男が。マティが母親代わりにならなければならないような男と結婚する必要はない。

「彼女はあなたの被後見人かと思っていたわ」ヴァレリアが言った。

「そのとおり」ハビエルはそう言いながらも、ヴァレリアのほうに目を向けることができなかった。クラークがマチルダの耳元に口を寄せていたからだ。マチルダはこの件に抗《あらが》っていたのに、よりによってクラーク・リンが気に入ったのか？　これだから、彼女には保護者が必要なのだ。もし彼女の内なる羅針盤が本当に狂っているのなら……。

「だったら、なぜあなたはふられた元恋人のように彼女を見つめているの？」

ハビエルはさっとヴァレリアのほうに顔を向けた。彼女は目を見開き、少し驚いた様子であとずさりした。明らかに彼の豹変《ひょうへん》ぶりに怯《おび》えていた。

父が父なら、子も子だ。同じ血が流れているのだ。ハビエルは深呼吸をして怒りの痕跡を顔から拭い去ったが、その怒りはまだ彼の中で躍動していた。それは逃れることのできない血筋のあかしだった。

だが、ハビエルはそれをコントロールすることができた――常に。マチルダが婚約者を見つければ、さらに制御力は増すはずだ。

「勘違いしては困る。僕の役目は、ミズ・ウィロビーの将来を揺るぎないものにすることで、その任務は決して軽いものではないんだ」ハビエルはもっともらしい口調で答えた。

「ああ、なるほど」

しかし、ヴァレリアが納得していないのは明らかだった。そこでハビエルは自分に言い訳をした。ヴァレリアがどうとらえようと、そんなことはどうでもいい、と。僕が気にかけるべきはただ一つ、マチルダのことだ。彼女に男を見る目がないのは明らかだ。彼女は先ほど、クラークに携帯電話で何かを見せていた。今日の午後、あの庭で見たときと同じように幸せそうな表情を浮かべて。

ハビエルは顔をしかめないよう努力しながら、通りすがりのウエイターのトレイからシャンパンのフルートグラスを取り、マチルダに向かってまっすぐ歩いていった。そしてクラークを無視して、マチルダにグラスを差し出した。

「喉が渇いているようだな、マチルダ」

彼女はわずかに眉根を寄せた。「ありがとう」空いているほうの手でクラークを指し示す。「私の庭のことを話していたの」

「かなり詳しく」クラークが言い、小さな声でつけ加えた。「厩肥《きゅうひ》とか」それから急に顔をぱっと輝かせた。「ああ、母がいる。ちょっと失礼するよ」

「今、彼は……厩肥って言ったか？」

「ええ。庭の植物に最適な肥料よ。とりわけ自生の植物や高原の土壌で栽培するときは」そう言ってマチルダは飲み物を一口飲み、ハビエルに笑いかけた。

無邪気を装うマチルダを見て、彼女は賢い、とハビエルは思った。いつもそうだった。しかし、その賢さは今、彼の目指すものとは相反した。

「マチルダ、きみが策を弄してすべての求婚者を追い払ったところで、お父さんの遺言を変えることはできない」

彼女はため息をつき、目を見開いた。「ハビエル、クラーク・リンはゴルフクラブのことしか話さなかった。自分が役員を務める慈善団体についてさえ、私にその事業内容を説明できなかった。だから、肥料の話をして報いただけよ」

ハビエルは内心ひるんだが、おくびにも出さなかった。マチルダの立場を理解しながらも、なぜか自らの誤りを認めることができなかったのだ。彼女がクラーク・リンのような男に魅了されなかったことに安堵《あんど》さえ覚えていた。「お父さんは彼のことを気に入っていた」

「信じがたいわ。クラークは尊大な愚か者よ。あなたは彼が好き？　私の夫にふさわしいと思っているの？　それとも、ただ単に候補者の一人として引き合わせただけ？」

「クラークにはなんの問題もない」

「そうかもしれない。でも、ゴルフの話にはうんざり。パターがどうのこうのという話を聞くくらいなら、ネズミの消化管の話をするほうがましだわ」

ハビエルは彼女の口調に漂う失望を気に留めなかった。あたかも男がパターについて無遠慮に言及するのを望んでいたかのように。

「ハビエル、あなただって、これが本当にうまくいくとは思っていないはずよ」マチルダは彼に向き直り、目にいらだちの色を浮かべて指摘した。

「マチルダ、まだ一人目だ。候補者は何人もいる」

もっとも、ハビエルは自分の作成した候補者リストを思い浮かべながら、そのほとんどについてなぜリストに入れたのか不思議に思っていた。マチルダがその中の誰かと談笑しているのを想像するだけで気分が悪くなる。

彼女は室内を見渡した。「まあ、なんて幸運なんでしょう」

「次はディエゴ・レイエス、植物園のコントローラーだ。彼なら、きみも興味が湧くんじゃないかな」もちろん、マチルダと共通点があるから、その男を選んだのだ。

なぜその事実が自分の腹の中で酸のように感じられるのか、ハビエルは考えもしなかった。

「コントローラーって？」

「財務だ、親愛なる人《カリーニョ》。彼はバルセロナの由緒ある資産家一族の出で、職業はドルやセントかもしれないが、庭そのものに興味を持っている。虫の抜け殻にだって関心があるかもしれない」

「抜け殻……」マチルダはつぶやいた。

「彼を連れてくるよ」

「家に帰るという手もあるわ。家といっても、あなたの家じゃないけれど」

「きみは本当にあのコテージで暮らし続けたいのか、一人で？」ハビエルは彼女の選択を、望みを、理解できなかった。彼女の名を覚えている者がいたのは確かだが、ほとんどの人は気にも留めていない。あれから数年が過ぎた今、彼女は相続人としての生活に戻ることもできた。

当時それを楽しんでいたマチルダが、なぜハイランドの小さなコテージで暮らしたいと思ったのか、ハビエルには想像もつかなかった。

「自分でもよくわからないけれど、耐えがたい誰かに縛られるくらいなら、一人でいるほうがましよ。私の父とエレナは愛し合っていなかったとあなたが考えているのは知っているから、その点については反論しない。でも、交際を二人が楽しんでいたのは間違いないわ」

そのことについてハビエルは議論するつもりはな

かった。マチルダはまだ若く、世間知らずだった。彼は、両親が互いの中に見いだしていたのは安らぎだと理解するのに充分な年齢だった。

愛ではない――決して。

「だから、クラークはリストから消す」ハビエルは目の前の懸案に集中した。「そしてディエゴに時間を与える。植物を相手にしていては、楽しいパートナーが見つかるとは思えない。きみの精神的な健康のために、僕はこれを進めているんだ」

「ええ、そうでしょうね。あなたは無私の聖人だもの、ハビエル」

違う、と彼は胸の内でつぶやいた。自分を無私な人間だとは思っていない。ただし、庇護者《ひごしゃ》だとは思っていた。ユアンが望んだように、マチルダにとって何が最善かを知っている人物だと。

だから、彼は部屋の向こうにいるディエゴを呼んだ。「では、選択肢Bに移ろうか」

ディエゴは実際に植物に興味を持っていて、植物園に関する楽しい話もしてくれ、マティをそこに行きたいという気持ちにさせた。ほんの一瞬、もしかしたらハビエルの望むような結果になるかもしれない、と彼女は思った。このばかげた夫探しの中で、不快に感じない男性と巡り合えるかもしれない、と。

半年後に結婚するつもりはさらさらないが、だからといって、恋愛に完全に心を閉ざしてしまう必要はない。ディエゴはハンサムで魅力的な男性だし、何より共通の趣味を持っている。彼はハビエルが投げかける男たちのリトマス試験紙のような気がした。

室内を見まわしてハビエルの姿をとらえるまで、マティは自分が何をしているのかよく理解できずにいた。彼は話し相手の二人の男性よりも頭一つ分ほど背が高い。ほほ笑みながら、しきりにうなずいている。リラックスしているようには見えないが、マティといるときよりはずっと落ち着いていた。

それって、どういう意味？

「ところで、どうしてそんなひどい服を着ているのかな、いとしい人《ケリーダ》？」ディエゴは、彼女の注意を再び彼に向けさせた。

マティは驚いてきき返した。「今、なんて？」

彼は手を伸ばし、彼女のスカートの裾を嘲るように引っ張った。「きみに似合う、もっとすてきなドレスがあるはずだ」

マティはあっけに取られ、長い間まばたきしかできなかった。ディエゴは崇拝するような目で私を見つめながら、服装を批判しているのだ。

「きみはとてもユニークだ」彼はほほ笑みを浮かべ、いくぶん申し訳なさそうに言った。けれど、その黒い目にはほほ笑みとは違う何かがあった。「だが、そんな無粋な身なりは見ていられない」顔をしかめて続ける。「髪の色もひどすぎる」

あまりの言われように、マティは言葉を失った。婚約破棄が新聞やインターネットをにぎわすまで、そんなふうにけなされたことは一度もなかった。

この舞踏会は公の場というよりプライベートなものだが、それでもマティは羞恥心に襲われた。なぜなら、一瞬でも彼を魅力的だと思った自分が恥ずかしかったからだ。デートに誘われるかもしれないとさえ思った自分が情けない。

「僕たちは皆、ハビエルが何を考えているのか知っている」ディエゴは続けた。「僕たちの多くは見合い結婚のようなものに賛同しているけれど、きみはもう少し努力する必要があると思う」

「努力……」マティはあきれたように繰り返した。

「僕の腕の中におさまるには、女性らしい魅力とその重要性を理解している人でなければならない。控えめな笑い方が必要だし、髪はヘアサロンでもっと黒くすればいい。姿勢をよくする必要もあるな。そうすれば、それは……」ディエゴは彼女の胸を見つめながら続けた。「僕たちだけのものになる」

彼はまるでマティがうなずくのが当然であるかのように言ってのけた。彼の言葉はこれまで聞いたこともない暴言だった。クラークのゴルフ談義が高尚な哲学のように思えるほどに。

マティは飲み物をディエゴの頭からかける光景を空想した。パンチの出し方を知っていれば、彼の鼻に食らわせることもできるだろう。しかし、そんなことをしたら、例の騒動の二の舞を演じるだけだ。

もう二度とあんな経験はしたくなかった。エレナは無礼な男の扱い方を教えてくれた。そしてディエゴは間違いなく無礼だった。クラークよりずっと。

マティは飲み物を慎重にテーブルに置き、彼の目をじっと見た。「ディエゴ、あなたが私のことをどう思っているのか、私に何を期待しているのか知らないけれど、あなたは無礼で浅はかな愚か者よ。私はハビエルの頼みであなたと話しただけ。彼はあなたに友達がいないことを心配していたのでしょう」身を乗り出し、彼の腕を撫《な》でる。「混乱させてしまってごめんなさい。私たちはここでお別れね」彼女はにっこり笑い、ゆっくりと背を向けた。

それからマチルダは出口に向かった。一刻も早くここを出なければならない。どんな運命のいたずらでこんな地獄のような場所に連れ戻されたのか、じっくり考えるために。

逃げ帰るのね？　心の声が問う。

そんなことはどうでもいい。マティは今、自分を見つめ直したくはなかった。ただこの場から去りたかった。ハビエルの車ではなく、ライドシェアのアプリを使って。

8

帰途の車中も怒りは募るばかりで、ついには沸騰し、これまで身につけた平静を取り戻すためのどんなテクニックも通用しなかった。

マチルダは去った。行き先も理由も、何一つ告げずに。予想だにしなかった出来事に、ハビエルは憤慨した。今や彼の努力は水の泡になろうとしていた。甘やかされた相続人という単純な言葉では、マチルダのことを言い表すのは不可能だ。彼女の振る舞いは受け入れがたい。ティーンエイジャーを相手にするように、こちらがルールを決めなければならないとは思ってもみなかったが、ハビエルははっきりと思い知らされた。彼女が恩知らずのガキ以外の何ものでもないことを。

ハビエルはマチルダの抵抗を傍観するつもりはなかった。必要とあらば、どんな形であれ、支配権を行使するつもりだった。僕が勝手に花婿を選び、彼女をバージンロードに無理やり立たせてでも、結婚させなくてはならない。ユアンが別のことを望んでいたのなら、彼は遺言にあのような条項を入れるべきではなかった。

なぜなら、一つだけ確かなことがあったからだ。それは、何があろうとハビエル自身がマチルダと結婚することはないということだった。ユアンがそれを承知のうえで遺言に書き加えたのは間違いない。

ハビエルは父親のけがれた血を次の世代に残すつもりはなかった。だからこそ、白熱した怒りを自分の奥底に閉じこめて鍵をかけ、決して人に触れさせまいと誓ったのだ。

その決意を試したのはマチルダだけだ。

なんとも大胆不敵な女だ……。

どれだけ呪文《マントラ》を唱えても、ユアンに教わった呼吸法を駆使しても、その考えを消し去ることはできなかった。僕に感情をコントロールする術《すべ》を教えてくれた男が、息をするたびにそれを試すような娘を持ったというのは、皮肉としか言いようがなかった。

完全に止まる前からドアを開け、ハビエルは車から降りた。どうするべきか時間をかけてじっくり考えるべきだったが、彼は決意を固めて家の中を走りまわった。そして、書斎——彼のオアシスで彼女を見つけた。

マチルダは彼のお気に入りの椅子に座っていた。あのひどいパジャマ姿に戻り、髪を頭の上で無造作にまとめ、丸くなって本を読んでいる。ブランデーを飲みながら。

ハビエルの胸の中にあるのは、重くねじれた怒りではなく、あまりにも大きく、あまりにも不快な何かだった。もしメスがあれば、今この瞬間に胸の真ん中を切り開いて、それがなんであれ、根絶やしにしてやりたかった。

彼の気配を察したかのように、マチルダが顔を上げた。だが、罪悪感や申し訳なさそうな顔をする良識はないらしい。彼女の視線はすぐにハビエルの本に戻った。「こんばんは、ハビエル」取ってつけたように言う。「こんなに早く帰ってくるとは思わなかったわ」

「連れがいなくなったと知って、なぜか急いで帰らなければならないと思ったんだ」

「私はいなくなったわけじゃない。私が家に着いてすぐに、スタッフ全員が私の居場所を知っていたはずよ」マチルダは腕時計を見た。「三十分前にね。大げさなことは言わないで。あなたはたしか、そういう振る舞いは未熟だと言わなかった？」

返す言葉がなかった。ハビエルがショックを受けて沈黙するなど、まったくもって希有《けう》なことだった。

マチルダは事もあろうに、大成功を収めた大物実業家ハビエル・アラトーレを未熟だと非難したのだ。簡単な指示に従えない未熟者は彼女のほうなのに。

「紹介する男がもう一人いることを知っていただろう。そして、その男に会わずに帰るのを僕が許さないことも知っていた。それで、きみは僕の車には近づかなかった」怒りを抑えて言えたことで、ハビエルは完璧に自制していると自負した。

「それで、どうするつもりなの、ハビエル？　今度はパパごっこで私を罰するの？」

一瞬、ハビエルは足元が揺らいだ気がし、体内で欲望の火が燃え上がった。ここ何年もの間、彼はそれを無視し、隠し、遠ざけてきた。だがこの瞬間、彼はもうその存在を否定できなかった。

しかし、なぜマチルダが欲しくなったんだ？　ハビエルは自問した。意味がわからない。この瞬間、何もかもが無意味で、彼は体をまっすぐ保つために壁に手を伸ばさなければならなかった。あまりに多くの恐ろしい出来事に打ちのめされ、息をするのもやっとだった。

マチルダは続けた。「ニュース速報よ、ハビエル。あなたには私を拘束したり外出禁止に処したりする権限はまったくないのよ」

彼女が罰について言及したとき、彼は外出禁止を言い渡すことなど考えていなかったが、彼女が先走ってくれたおかげで、そのアイデアに心を引かれた。

「まあ、部分的には、あなたが私をコテージから連れ出すことに同意した私の責任でもあるけれど」マチルダはさらに言葉を継いだ。「今夜、これを終わらせる必要があることがはっきりしたから、妥協点を探る必要があるわ」

妥協点……。ハビエルは妥協などしないが、こちらも妥協したと相手に思わせることは得意だった。

そのため、彼女の言葉に耳を傾けることにした。

「それで、きみはどうしたいんだ?」

「まず、私は今夜のようなイベントで次々と男性に引き合わせられるのはお断りよ。そもそも、あなたには男性を見る目がないようね」

「だから僕は女性に狙いを絞っている」

一瞬、ハビエルは彼女が笑うかと思い、待った。だが、マチルダの口はかろうじてほころんだにすぎなかった。笑い声が聞けなかったことに失望した自分を、彼は許せなかった。

「ディエゴのどこがそんなに悪かったんだ?」

マチルダの目が泳ぎ、そこに弱さのようなものが浮かんだが、すぐに消えて、彼女は反抗的に顎をぐいと上げた。僕の気のせいだったのか?

「彼は私を侮辱した」

「侮辱だって?」

「彼との結婚を考える前に、私はやるべきことがたくさんあるんですって。服はセンスがないし、髪の色は明るすぎて、どちらも信じられないくらいひどいそうよ。それに、笑うときはもっと控えめにしたほうがいいんですって」

ハビエルの胸に、別の怒りが湧き起こった。マチルダに対してではなく、マチルダのために。

彼女の身なりは普通とは異なっていたかもしれないが、決して間違ってはいない。髪はゴージャスだし、笑い声は……。

「ごめんなさい、もう一頭の雄鹿には待ちぼうけを食わせてしまって」マチルダは悪びれもせずに続けた。「でも、また無味乾燥な会話を交わすかと思うと、耐えられなかった」

目の奥がずきずきして、鼻の上をつまみたくなった。マチルダ・ウィロビーが原因のストレス性頭痛の始まりだ。すばらしい。

「そんなにうるさく言うなら、三年間も隠れていなければよかったんだ」そう言いつつも、ディエゴが本当にマチルダの主張どおりのことを口にしたのなら、クラーク以上の愚か者だ、と彼は思った。

マチルダは肩をすくめた。「そうかもね」

その言葉を、ハビエルは額面どおりには受け取らなかった。

「そしておそらく、あなたがゆがんだ義務感を持たなければ、私はスペインに戻る必要がなかった。ハビエル、私たちはいくらでも別の道を選べる。あなたの決意しだいで」

「ユアンの願いにそむくことはできない。その点では、僕は鬼になる」

マチルダはため息をつき、彼の本とブランデーを脇に置いた。そして立ち上がり、胸の前で腕を組み、彼の視線を受け止めた。

ハビエルは彼女に触れたかった。書斎を満たすいつものレモンとワックスの交じった匂いではなく、彼女の花と土の匂いを嗅ぎたかった。

もちろん、そんな理不尽な衝動に屈するつもりはないが、彼女の言動に対する怒りで世界を焼きつくしたい、とハビエルは思った。

「私の最悪のシナリオは、あなたが半年以内に私と結婚することを余儀なくされることよ。そして結婚後、あなたはおそらく私をスコットランドに送り返すでしょう、自分がこれまでどおり平穏に暮らすために。でも、ハビエル、よくよく考えると、この選択肢は決して最悪ではないかもしれない。なぜなら、私は結婚後すみやかにスコットランドに帰って元の生活に戻れるから。あなたも私とは一緒にいたくないでしょうから、たとえ一カ月でも」

ハビエルは頭から氷水を浴びせられたような気分に陥った。マチルダの言うような形でユアンを裏切るなどありえない。彼女をスコットランドに送り返すという選択肢も、彼の中にはなかった。「僕の考える〝最悪のシナリオ〟は、きみが誰とも結婚せず、僕がきみと絶縁することだ。〝元の生活〟なんてないんだよ、マチルダ。あるのはきみのお父さんの遺志だけだ」

マチルダの反抗的な態度が薄れた。「ハビエル、本当に私と縁を切るつもり？　だって、父の遺言には含まれていないでしょう？」

「それはあくまできみが従わない場合のことだ」

探るように彼の顔を見つめるマチルダの目にはあまりにも弱々しい表情が浮かんでいた。「私にはあなたが理解できない、ハビエル」彼女は静かに言った。「お母さんのこと、そして私のことになると、あなたって、ものすごく厳しくなる」

「きみは僕の母のことを何も知らないんだ、マチルダ。僕のこともね。ところで、金曜の夜は農村安全連合のチャリティ・ガラに出席する。もちろん、今度は早く帰ったりしないでくれ。僕は連合の会長であり、きみの振る舞いは僕の評判に直結する。もしきみが望むなら誰にも紹介しないが、きみは自らの意思で何人かの男と話す必要がある」

「それは命令？」マチルダは尋ね、おもしろくもなさそうに笑った。「その団体は具体的にはどんな慈善活動をしているの？」

「田舎の隠れ家《セーフハウス》と資金を提供し、ドメスティック《D》・バイオレンス《V》の被害者を保護して新しい生活に移行する手助けをしている」

「ハビエル、あなたがそうした活動に取り組んでいるのを知ってうれしいわ。あなたが私の夫にふさわしいと考えたクラークやディエゴと比べれば、なおさら」

「僕はただきみに選択肢を提供しているにすぎない、親愛なる人《カリーニョ》。彼らと結婚しなければならないとは言っていない。今回はきみ自ら相手を見つけてくれ」

ハビエルは次の言葉は言うべきではないと自覚しつ

つも、つけ加えずにはいられなかった。「ただし、恋人選びに関しては、きみの実績を知っている」

そう言って彼は踵《きびす》を返し、書斎を出た。

マティは居心地のいい書斎に座っているにもかかわらず、寒気を感じた。ハビエルの辛辣な性格は知っていたが、自分が彼の中にある意地悪さを引き出しているようで、胸が苦しくなった。

彼女の〝実績〟はひどいものだった。それはピエトロだけであり、しかも惨事に終わった。そのためマティは自分を信じられずにいた。

クラークとディエゴが自分には向かない男性だと見抜くのは簡単だった。なのに、ディエゴには魅了された。そして彼はマティの欠点を指摘した。彼女が不安に感じていることを、いとも簡単に。まるで本当に何か問題があるかのように。

私はそれを恐れていたんじゃないかしら？　だから、三年間の隠遁《いんとん》生活が安息のように感じられたのかもしれない。孤独ではあったにせよ。自分が間違っているかどうかを心配する必要がなかったから。

不思議なことに、ハビエルが威圧的で無礼な態度をとっていても、マティは彼が善人であることを疑ったことはなかった。彼女の父親がハビエルを愛していたからというだけでなく、彼もユアンを愛していたからだ。ユアンの会社や資産ではなく。

ハビエルのことを邪悪な怪物のように思い描くのは簡単だが、最悪の場合でも、彼はただ見当違いなことをしているだけだとマティは知っていた。そしておそらく、義父を亡くした悲しみと真剣に向き合ったことがないに違いない。そしてその悲しみを仕事や女性に没頭することで紛らしていたのだろう。

女性……。今夜も多くの女性が目でハビエルを追っていた。彼はそのうちの何人かにほほ笑みかけ、腕や肩に触れたり話しかけたりした。彼が求めれば、誰でも手に入れることができたはずだ。そう考えたとたん、胸に痛みが走り、マチルダはそれ以上は考えまいとした。

自室に行ってベッドに入ろうかと思ったが、悶々《もんもん》とするだけだとわかっていた。庭を散歩することもできたし、ランタンがあれば庭仕事をすることもできた。しかし、そうしたことが安らぎをもたらす半面、思考が深みにはまる恐れもあった。

そこでマティは、スコットランドで孤独に苛《さいな》まれたときにしたことをした。

彼女は携帯電話を取り出し、スペインに来て以来初めてエレナに電話をかけた。

「あなたの声が聞けてうれしいわ。バルセロナはどう？」エレナはいつもの温かな声で朗らかに尋ねた。声音といい、距離感といい、息子とは対照的だった。

マティはその話題に飛びついた。「ハビエルが何をしているか知ってる？」

「まあ……」しばしの沈黙。「ええ」

エレナはそれ以上は何も言わなかった。彼女はただ黙っていた。まるでハビエルがしていることを認めるかのように。やがて義母は口を開いた。

「あなたがこの状況に不安を抱いているのはわかる。でも、家族の世話になるのは悪いことじゃないわ、きれいなお嬢さん《ニーニャ・エルモサ》。ハビエルが彼らしい頑迷なやり方でこの件に取り組んでいるのは知っているけれど、あなたなら対処できるはずよ」

エレナがそんなことを言うなんて。「売り物のように陳列されるがままでいいと？」

義母はしばらく黙っていた。「マティ、私はあなたを愛している。あなたは美しく、賢く、優しい女性よ。あなたが小さなコテージを愛していたことも知っている」

エレナが何が言いたいのか、マティは理解できなかったが、悪い予感がした。少なくとも、これは彼女が求めていた慰めではなかった。まったく。

「もしかしたら、これは私が望んだ状況ではないかもしれない。だけど、あなたがスコットランドに隠れていないで、バルセロナにいてくれてよかった」

「隠れてなんかいないわ」当然ながらマティは反論した。「自分を見つけようとしていただけ」

「ええ、あなたはそう自分に言い聞かせているんでしょうね。でも、信じて。自分を傷つけるものとの関わりを拒否したところで、人は自分自身を見つけられない。あなたがそのことに気づくよう、私は励まそうとしてきたの、決して急がずに」

マティはエレナが訪ねてきたときのことを思い出した。義母は一緒に住もうと言った。学位の取得を勧めたこともある。ハビエルほど強引ではなかったが、エレナが何に向かってマティを促していたのか、よくわからなかった。

「スコットランドで私は幸せだった」

「そうね。あるいは、ただ単に居心地がよかっただけかもしれない」

その言葉が心に響き、マティは椅子の上で少し背筋を伸ばした。「私は……」口を開いたものの、反論の言葉が見つからなかった。

確かに、マティが感じていたのは、幸せというよりは、心地よさだった。

「ある意味、孤独はすばらしいことかもしれないけれど、隠れているのであれば、それは孤独ではなく……臆病じゃないかしら。少なくとも私はそうだった。あなたのお父さんとの結婚に時間がかかったのはそのせいよ。私は臆病者で、過去の過ちを、私の至らないところを、すべて恐れていた。そのせいで、ユアンに〝イエス〟と言う勇気を持つには、時間が必要だったの」

マティはいぶかった。いつも自信に満ちていたエレナにいったいどんなことがあったのだろうと。けれど、そんなことはどうでもいい。彼女はそれを乗り越え、父と結婚したのだから。「そうしてくれて本当によかったと思う」

「私もよ」エレナは悲痛な声で言った。「あなたは臆病者じゃない、マティ。間違いなく」

マティは喉にこみ上げた塊をのみ下した。責められているように感じたが、義母の指摘は父親が娘に言いそうなことに思えた。そして、マティは父に反論しただろう。お父さんは私のことを少しもわかっていないと。

そして、私はバルセロナに来て現実に直面した。私は孤独を愛していたけれど、それは何一つ心配する必要がなかったからだ。孤独を恐れない私は立派だと自分に言い聞かせて。

私は隠れ、逃げていた。すべての苦しみから。すべての疑念から。それが私にとっていいことなのかどうかはわからない。人として。成熟した大人として。もしかしたら、それが私をすばらしい人生から遠ざけていたのかもしれない。

とはいえ、ハビエルの計画がそれを修正するための正しい手立てとは思えなかった。

「ハビエルが私をいくつものイベントに連れていき、ひどい男たちに引き合わせるのを、甘んじて受け入れるべきだと思う？」

「息子が何か愚かなことを思いついて、それが正しいと信じているとき、私がいつもしていることをあなたはしなければならない。つまり、とりあえずハビエルにつき合うの。いつでも、どんな場合でも、表面的には迎合すること。そして、それとは無関係に、あなたは自分が最善だと思うことを好き勝手にすればいい。彼の承認や同意は必要ないわ」

「それでも、こんなばかげた夫探しにつき合う必要があるの？　結婚が私のすべてではないのに？」

電話の向こうでエレナがため息をついた。「結婚を頭から否定するのはよくないわ、私のかわいい人《ミ・ニーニャ》。一人でいるのは、あなたにとっていいことではないと思う。お父さんは、不快なことに直面するとあなたは引きこもる傾向があることを知っていた。そして彼は正しかった。今回のバルセロナ滞在でふさわしい男性は見つからないかもしれないけれど、試してみるべきよ。可能性こそが人生なのだから。試すだけなら、なんの不都合もないでしょう?」

それは、ハビエルと一緒に行くことに同意したとき、マティが自分に言い聞かせたことだった。確かに不都合はない。しかし、彼女は三年前のことを思い出していた。こと男性を選ぶことに関しては、マティは自分を信じることができなかった。そのことに彼女は傷つき、いらだちを覚えた。

「エレナ、私は……ピエトロを愛していると心から信じていたの。なのに、散々な結果に終わり、自分には男性を見る目がないと思い知らされた。同じことが繰り返されるかもしれないのに、また結婚相手を選ぶなんて無理よ。そうでしょう?」

エレナは考えこむような声を出した。彼女はマティの話に熱心に耳を傾け、すぐに返答することはなかった。

「これだけは言わせて、マティ。さまざまな理由から、あなたには話したことがなかったけれど、私は前の夫とひどい結婚生活を送っていたの。無理やり結婚させられたからではなく、人を愛せない男性と愛し合っていると思いこんでいたから。それは私の間違った選択だった。その傷が癒えず、あなたのお父さんとの結婚になかなか踏み切れなかった。同じ過ちを犯すことが怖くて……」

マティはショックを受けた。エレナが前の夫のことを話したのはこれが初めてだった。その夫は、もちろんハビエルの父親に違いない。彼とエレナが、父親あるいは夫の話題を避けようとしていたことを、マティは知っていた。その理由は深い悲しみと喪失感のせいに違いないと推測していた。自分が母親を亡くしたときのように。だが、違っていたらしい。

今になっていろいろなことが腑《ふ》に落ちた。ハビエルの脇腹の傷跡。彼の熱心な慈善活動。ピエトロの件で私に辛辣な態度をとったこと……。

エレナは続けた。「長い時間をかけて私は傷を癒やし、どん底から這《は》い上《あ》がった。そのとき、目の前にあなたのお父さんがいたの。私のこのひどい過ちでさえ、私の世界、私の人生は終わりではなかった。一つや二つの間違いで自信を失ったり人生に絶望したりしてはだめよ、ミ・ニーニャ。自分自身に対してある程度は寛容にならなければ」

マティは目を閉じた。自分に対して特に厳しくしてきたわけではないけれど、義母の言葉は胸に深く突き刺さった。

「最初の結婚は十七歳のとき。あなたがあの策謀家の俳優にだまされたのと同じくらいの年頃だった。今、あなたは齢《よわい》を重ねて賢くなった。きっと今度はよりよい選択をするでしょう。もちろん、また間違うかもしれないけれど、それも人生の一部よ」

マティは携帯電話を握りしめた。「本当に?」

「前向きに考えて。私は怪物と結婚してしまい、あまりにも長く一緒にいすぎた。でも、あなたのお父さんが私たちの人生に明るい光を与えてくれた。だからハビエルはあなたのお父さんを心から慕い、なんとしても遺言を守ろうとしているの。ユアンに代わって正しいことをしたのはハビエルだけよ」

「エレナ、あなたは――」

「認めたくないけれど、本当よ。それで、お願いがあるの。どうかハビエルにつき合って、誰かいい人を見つけて。半年たっても見つからなかったら、私はあなたの味方になって、息子と対峙《たいじ》する。たいして役に立たないかもしれないけれど」

もはや逃げ道はない、とマティは観念した。エレナのためならなんでもするだろうし、もしかしたら、隠れ続けるよりはましかもしれない。誰かに巡り合えると思ったわけではないけれど、懸命に抵抗する必要性も感じなかった。

だからといって、ハビエルに感謝するつもりはなかった。「つき合うというのは、ハビエルに甘えたり、優しく接したりするという意味ではないでしょうね？」

「まさか！」エレナはハスキーな声で笑った。「あなたは息子の人生を地獄のようにしなければならない。ハビエルもあなたとたいして違わないのよ。物事の中心にいるような錯覚をみんなに与えているけれど、ビジネスや幽霊屋敷に隠れているのも同然だわ。あなたがスコットランドにいたときと同じように」

エレナの指摘は的を射ていると思った。そして、彼のことを思うと胸が痛んだ。大げさなことを言わないエレナが彼の実父を〝怪物〟と呼んでいるのだから、彼の子供時代は本当に悲惨だったに違いない。

「ただ、ハビエルがあなたにどれだけ優しい気持ちを抱いているか、あなたは充分に理解していない。息子もね。彼は冷徹な支配者を演じているけれど、その裏には複雑な感情を持つ男がいるの」

「ハビエルに優しいところなんてないわ」

エレナはまた考えこむような声を出したが、その話題には触れなかった。「さあ、庭のことを話して」

それでマティは落ち着きを取り戻してエレナの要求に応えた。ベッドに入る頃には、もう怒りもいらだちも消え、穏やかな気持ちで眠りについた。

だが、マティが見た夢に出てきたのは、怪物に怯《おび》える小さな男の子だった。

9

ハビエルはいつものように一人で朝食をとった。マチルダは現れず、ほっとした。イベント以外はそれぞれ別の生活を送るほうが、彼にとっては気が楽だった。

昨夜は異常だった。マチルダに惹《ひ》かれたからといって、自分を責めるつもりはなかった。彼女は美しい。外見の魅力に気持ちが動くのはどうしようもないが、それに伴う行動については完璧にコントロールできるとハビエルは自負していた。

実際、彼はなんの行動も起こさなかった。ハビエルの最大の関心はあくまで彼女を結婚させることにあった。早ければ早いほどいい。彼女のことを考えなくなる日も早く来るから。

「おはよう」

元気な挨拶に、ハビエルは皿から顔を上げた。今朝のマチルダは爽やかで、まるでこれから出勤するような格好をしていた。スリムな黒のスカートに、菫色《すみれいろ》の瞳を控えめに見せるフリルのついた青いトップス。髪は後ろでまとめられ、奔放なカールを隠すために撫《な》でつけられていた。

ハビエルは挨拶を返さなかった。いつも一人で過ごす貴重な朝が彼女のせいで台なしになったからだ。

「今日、WBのオフィスに行く予定はある？」マチルダは彼の隣に座りながら尋ねた。ほかにも椅子はたくさんあるにもかかわらず。

だが、ハビエルはかまわなかった。彼は朝食に集中していた。決して逃避ではない。彼には一人の時間が必要だった。自分の人生や仕事について考える時間が。

「ああ、行くよ」彼はオムレツを食べながら答えた。

「一緒に行きたいんだけれど？」

ハビエルは皿から顔を上げた。「なぜだ？」

「私はWBの株式を持っているし、父の死後、とても親切にしてくれた人たちがいたの。そんな人たちとも縁を切ってしまって……後悔しているの」

そのとき、料理人のエミールがキッチンから出てきて、マチルダの前に皿を置いた。マティがほほ笑んで礼を言うと、彼も笑みを返した。

そんな二人を見てハビエルは眉をひそめた。「どういう心境の変化だ？」

「ゆうべ、エレナと話したの」

「そうなのか？　母が僕の味方をするはずがないから、何があったのか説明してくれ」

「お母さんはあなたの味方をしたわ。エレナは、私が過去数年間、自分の抱える問題に向き合わずにスコットランドで殻に閉じこもっていたと言った」マチルダはトーストにジャムを塗っていたが、ふいに視線を上げ、鋭い視線を彼に注いだ。「あなたの見立てとそっくり。でも、あなたもビジネスや幽霊屋敷に隠れているのも同然だとも言っていたわ。私がスコットランドに隠れていたのと同じように」

母の気まぐれだろうと、ハビエルは特に気にも留めなかった。「それで？」

マチルダはトーストを一口食べた。化粧を施した目元がきらきらと輝いている。ハビエルの視線はラズベリーのような色の唇に引きつけられた。

「エレナの話を聞いていて、奇妙に感じたことがあるの。ハビエル、エレナがあなたを私の父の家に連れてくるようになったのは……十年くらい前？　二人が結婚するまでは、私とあなたの人生が重なることはほとんどなかったけれど、それでも、私の人生のうちの約十年間に、あなたとエレナがいたことは確かよ。その間、私はなんとなく、あなたのお父さんは亡くなったものと思っていた」

「なんだって？」そんな言葉が彼女の口から出たことが、ハビエルは信じられなかった。この何年もの間、彼の父親の話題はタブーだという暗黙の了解があったからだ。母さんはいったい何をしたんだ？

「でも、もしかしたらまだ生きている気がして……。お母さんの言葉を借りれば、彼は怪物だったと」

ハビエルの背筋を冷たい衝撃が走り抜けた。ずっと昔に消し去ったはずの記憶が突如、空から降ってきた気がした。彼は慎重にフォークを置いた。そして話す際は、その声が父親の声とまったく似ていないことを確かめながら話した。彼は自分をしっかりと制御できていた。「いかなる事情があろうと、きみはもちろん、ほかの誰ともあの男の話はしない。わかったか？」

彼女の目は柔和だった。そこにはハビエルが望んでいない同情心が見え隠れしていた。

「でも、私は知りたい」

「無理だ」

マチルダはうなずいた。この呪われた数日間で、彼女が反論しなかったのは初めてのことだった。彼女はただ食べることに専念した。

食欲が失《う》せたハビエルが立ち上がり、ドア口に向かって歩きだしたとき、彼女が口を開いた。「私を置いていっても、今日は必ずWBに行くわよ」

ハビエルは振り向かず、長い廊下を見つめながら思った。マチルダは僕の中で繰り広げられている戦いに気づいているのだろうかと。どんなに彼女のことを頭から締め出そうと努めても、かなわないことを。もし彼女が少しでも知っていたら、僕から逃げ出すに違いない。

バルセロナのWB本社へ向かう車中、マティはあえて無言を貫いた。明らかにハビエルは腹を立てている。彼のトラウマに対処することで、彼に受け入れてもらえるかもしれないという期待は打ち砕かれた。彼はマティを拒絶したのだ。

それでも、諦めることができなかった。エレナはどういう意味で〝怪物〟と呼んだのだろう？　彼女の最初の夫は、妻と子供に暴力を振るったの？　ハビエルのあの傷は父親から受けたものなの？

明らかに、ハビエルはそのことを話したがらなかった。だからといって、彼を責めるつもりはないが、探るのをやめるつもりもなかった。突き止めることによって、ハビエルを見る目が変わるかもしれないからだ。彼が子供の頃にひどい目に遭っていたかもしれないなどとは、甘やかされて育った彼女には想像もできなかった。

マティはため息をつき、見えてきた〈WBインダストリーズ〉のビルを眺めた。奇妙な体験だった。ハビエルの家でも、昨夜のチャリティ会場でも、彼女は郷愁を感じたことはなかったが、このビルは第二の故郷のように思えた。

実母が亡くなったあと、マティは父親とバルセロナに引っ越した。彼女の子供時代の思い出はすべてここにある。そしてその多くはこのオフィスビルで生まれたものだった。

車が停止すると、ハビエルはすぐに降りてまわりこみ、彼女の側のドアを開けた。それは明らかに通行人の目を意識しての行動だった。

マティは彼のあとを追って中に入ると、不思議な感覚に襲われた。人々がハビエルに対して、父親に対するのと同じような反応を示すのを見るのは。

敬愛。そして畏敬の念。

ハビエルがすばらしいボスであることは、誰に尋ねるまでもなかった。態度を見れば一目瞭然だ。それだけになおいっそう、鎧《よろい》の下に隠された彼の本質について深く知りたいという思いに駆られた。

　これほど部下に敬われている男性が、なぜ心を閉ざしているのだろう？　その問いに対する答えは、おそらく複雑で苦痛を伴うものになるに違いない。それでも、マティは彼を理解したいと思った。

　ハビエルはすれ違う人たちに対して立ち止まって話すことはなかったが、彼らの驚きの表情を見る限り、それはまれなことらしい。そのため、マティは彼をそんなふうにさせた自分を責めた。

　二人はエレベーターに乗り、ユアンのオフィスがあったフロアに向かった。ハビエルが数年前にそのフロアに移ったことは聞き知っていたものの、実際に見たこともなければ、想像したこともなかった。

　エレベーターを降りると、見覚えのある女性が顔を上げ、いったん伏せたものの、また上げてマティを二度見した。そしてぱっと顔を輝かせ、立ち上がった。

「なんてこと！　髪を見なければ、あなただってわからなかったわ」彼女はマティの肩をつかんで、満面に笑みをたたえた。それから視線をハビエルに移した。「すっかり美人になって。そうでしょう、ミスター・アラトーレ？」

　ハビエルはただうめき声をあげただけで、彼のオフィスのドアに大股で向かった。

「朝の予定を変更しましょうか？」かつて父親の秘書だったミセス・フェルナンデスが尋ねた。

「その必要はない。マチルダは自分の思うがまま行動したいだろうから」

　ミセス・フェルナンデスはかぶりを振った。「今朝は不機嫌なようね」彼女はマティに顔を向けて続けた。「会えてうれしいわ。ずいぶん成長したわね。オフィスで会えなくなって寂しかったのよ」

「私は皆さんに迷惑をかけてばかりで……」マティはほほ笑みながら応じた。彼女の父親は、ＷＢのスタッフを第二の家族のように扱っていた。「今日はその埋め合わせをしたいんです。時間があれば、まだここに残っている人たちのところに案内してもらえるかしら?」

「ええ、もちろん。スタッフはほとんど残っているわ。ハビエルへの引き継ぎに問題はなかったけれど、私たちは皆、あなたのお父さんがいなくなって寂しい思いをしているの。それで今もときどき、彼がデスクにいるんじゃないかと、オフィスをのぞくことがある。あれから何年もたつのに」

マティは喉をふさいだ塊をのみ下し、うなずいた。

ミセス・フェルナンデスが時計を見た。「十五分待って。それから案内しましょう」

再びマティはうなずいた。「ハビエルのオフィスで待っているわね」彼は歓迎しないだろうが、彼女の一部は、すべての変化を完全に受け入れるには、ハビエルが父親のデスクについているのを見なければならない気がした。

マティはドアを開けて中に足を踏み出した。本社の屋内の多くが変わったのだから、この部屋もだいぶ変わっているに違いないと予想しながら。

だが、予想は外れた。相変わらず広い部屋には、ユアンの選んだのと同じオフィス家具が置かれていた。カーペットは変わったかもしれないし、コンピューターや通信機器は近代化されていたが、ほぼ昔のままと言ってよかった。父が後ろから入ってくるかもしれないと期待するほどに。嗅ぎ慣れたコロンの香りを漂わせ、しわがれた声で〝やあ、私のお嬢ちゃん〟と朗らかに挨拶しながら現れるのを。

マティはこみ上げる涙を必死にこらえた。ハビエルは巨大な窓から差しこむ陽光を背に、デスクの傍らに立っていた。マティはその窓から見るバルセロナの景色が好きだった。私と父のように、ハビエルも窓の外を眺め、下を歩く人たちについてあれこれ想像して物語をつくることがあるのかしら?

彼に尋ねようとしたとき、マティは本棚に飾ってある写真が目に入った。父親がいた頃とまったく同じ場所に、まったく同じ写真があった。それは彼女の十六歳の誕生日に撮ったもので、四人全員が一緒に写っている唯一の写真だった。

その一週間後に、ユアンは亡くなった。

「あなたは私にネックレスをくれた」マティはかすれた声で言った。泣きだしてはいけない、古傷をついてはいけない、と自分に言い聞かせながら。少しつついたほうが治りが早い場合もあるけれど。

それがエレナの狙いだったの？

ハビエルはマティを見て、それから写真に目を移した。「母が選んで、僕の名前をカードに書いたんだ」言葉そのものは冷たいが、声は今朝ほど硬くないし、ほんのわずか温かみがあった。

ハビエルがあのネックレスに関与していないことは当時からわかっていたが、マティの心の一部は彼が選んでくれたものだと思いたがっていた。

とうとうマティの頬を涙が伝い落ちた。この三年間は自分が考えていたほど意義のあるものではなかったという思い、父を亡くした絶望的な痛み、ハビエルの前では自分がいかに無力であるかを痛感したこと、そして今のハビエルが何か恐ろしい経験によって形づくられたことを知ったこと——それらがいっきに押し寄せ、胸を揺さぶった。

「きみはここに来る必要はなかった」

マティは首を横に振りながら、ハビエルの視線を受け止めた。彼はマティの感情的な振る舞いに気分を害したようだった。

「いいえ、来てよかったわ」マティは頬の涙を拭った。「どうしても見たかったの。こんなに大きな衝撃を受けるとは思っていなかったけれど、決して悪いことじゃなかった。たいていは父のことを考えずに過ごせるけれど、ある日突然、父はもういないという現実が胸に深く突き刺さるの。父が恋しくてたまらなくなり、父がここにいてくれたらいいのに、と思ってしまう。亡き父を思慕するのはつらい半面、美しいことだとも思う」嗚咽《おえつ》がもれたが、マティは恥ずかしいとは思わなかった。父親が死んだのだ。何年たとうと、悲しみは癒えない。

とうとう涙がとめどなくあふれ出した。マティはそれを止めようともしなかった。すべてを吐き出す必要があったからだ。悲しみも、後悔も、父親の死から始まったことのすべてを。そうして初めて、次のステップに踏み出せるのだ。

ハビエルが近づいてきても、彼女は泣くのをやめなかった。彼を見ようともせず、ただそこに立って泣き続けた。

すると、彼の腕がマティの体にまわされた。温かく、心強い。二人が知り合ってから何年もたつが、初めてのことだった。もっとも、もしマティが泣いているのを見たら、ハビエルは慰めてくれただろう。マティが泣いたのは父親の葬儀のときくらいで、そのときはエレナが抱きしめてくれた。

けれど、今日はハビエルだった。マティはエレナがゆうべ言ったことを思い出した。彼には優しい一面があると。マティの知らない一面が。

「お父さんは、きみがそんなふうに動揺するのを望んでいないよ、僕の親愛なる人《カリーニョ・ミオ》」彼は静かに言った。

マティはハビエルの胸の中でうなずいた。「わかってる。でも、こうする必要があったの」なんとか落ち着こうと彼女は深呼吸をした。彼がここにいることに感謝しながら、じっと寄り添う。コテージに戻れば、気晴らしになる何かを見つけたに違いないが、ハビエルの腕の中で感情の高ぶりから徐々に解放されているほうがずっと心地よかった。

しばらくして自分を制御できるようになると、マティは彼から離れた。そして、ハビエルが差し出したハンカチで顔を拭いた。

しばらくハビエルは何も言わなかったが、やがてゆっくりと口を開いた。「僕は毎日、彼のことを考えている」

彼の声はかすれ、ほとんど聞き取れなかったが、それでもマティはうなずいた。たとえ独白であったとしても、彼が何かに向かって一歩踏み出したかのように感じられた。「父はあなたがWBのためにしてくれたことを誇りに思うでしょう」彼女は振り返り、窓の下に広がるバルセロナの街を行き来する人たちを眺めた。彼らは私が夢見るような人生をすでにつかみ取ったか、これからつかもうとしている。なのに、私は三年間も隠れ続けていた。すべては、あの男にだまされたからだ。「でも、私のことは誇りに思ってくれない」

「いや、違う。きみが何をしようが、あるいは何をしなくても、彼はきみを誇りに思っていた。そして、いつかきみが自分の道を見つけると確信していた」

「父は本当に、私の結婚に関する条項を遺言状に書き入れたの?」ハビエルがため息をつくのを見て、マティは苦言を呈される前に続けた。「いえ、もうそんなことはどうでもいい。父の意図はわからないけれど、私たちが彼に愛されていたことは確かよ。だから、今後は父の意に沿えるよう努力するわ」

ハビエルは怪訝《けげん》そうに彼女を見た。「今の言葉を文書にしてくれないか?」

マティは笑い、それが胸の痛みを和らげたことに驚いた。「単なる努力目標よ」

彼の口がわずかにほころんだ。それが何を意味するのか考えようとした矢先、ハビエルの携帯電話が鳴り、応答しようとした彼の顔からみるみる笑みが消えていった。

10

ハビエルはいくつもの会議に出たが、まったく集中力を欠いていた。ユアンの突然の死から数日後にはもうビジネスに、彼の遺産を維持することに集中できたというのに。

わずか二、三日の間に、マチルダはなぜ僕をこれほどまでに変えてしまったのだろう。何もかも計画どおりに進まず、彼女のことが頭から離れない。もちろん、すべてはマチルダのせいなのだが、彼女が泣きじゃくったせいで、恨むどころではなかった。

いや、違う、マチルダのせいではない。彼女は少し混乱していただけだ。一方、僕は……。

今朝のマチルダの言葉が脳裏によみがえった。

母は、僕もビジネスや幽霊屋敷に隠れているのも同然だと言っていたという。マチルダがスコットランドに隠れていたのと同じように。

隠れていただって？　ハビエルは胸の内で嘲笑した。家族の中で、目の前の現実や問題に対処できるのは僕だけだ。降りかかったビジネス上の困難にはすべて僕が対処してきたし、ピエトロの嘘《うそ》を暴いたのも僕だ。直前で取りやめになった結婚式の後処理をしたのも。さらにマチルダにコテージを購入してやり、スコットランド行きも許したのも。

仕事を終えてオフィスを出ると、ロビーにマチルダがいた。座っている彼女のまわりに人だかりができている。そのほとんどは、ハビエルがWBのトップになるのを支援してくれた人たちだった。皆、マチルダを敬愛の目で見ている。彼らのプリンセスを。

マチルダは彼らの話に耳を傾け、彼らに感謝していた。彼女とはまったくつながりのなかった、けれど彼女の父のために働いていた人たちに。そして彼らは、長きにわたって世話になったユアンの延長線上に彼女がいると考えていた。

ハビエルは、ディエゴが述べたというマチルダ評を思い出した。まったく理解できない。彼女はどこにいてもいちばん美しく、一緒にいると、ハビエルは一秒ごとに忍耐力を試されている気がした。マチルダ・ウィロビーほど善良で優しい心を持った人を彼は知らなかった。

だからこそ、距離をおく必要があった。

闇は光を毒するから。

明日の夜、マチルダに紹介する男たちの中に、これといった男はいない。ハビエルは花婿選びを一からやり直さなければならなかった。今度こそ完璧な男を探さなくてはならない。彼女と同じくらい、あるいはそれに近いくらい申し分のない男を。

マチルダはミセス・フェルナンデスが言ったことに笑い、それから彼を見やってほほ笑んだ。

なんて温かな光をたたえているのだろう。

ハビエルには逃げ場が必要だった。

あなたのように、と母は彼女に言ったという。

だが、僕が逃げ出したのは臆病者だったからではないし、隠れたいからでもない。彼女を救うためだった。なぜなら、僕の人生に関わった女性たちの中に、幸福をつかんだ女性は一人もいないのだから。

「帰り支度がまだできていないのなら、僕が先に帰って、車をまたここに差し向けようか？」

「いいえ、大丈夫」マチルダは立ち上がり、まわりにいる人たち一人一人に何か言い、抱きしめた。

一緒にビルを出たとき、マチルダはいつもと違って見えた。スコットランドから彼女を連れ帰って以来、二人は何かと反目し合っていたが、今日に限れば、まったく様相が違った。彼女は悲しみ、喜び、決意を固め、それらすべての感情の中で完璧に平穏を保っているように見えた。どういうことだ？

「ハビエル、今日は連れてきてくれてありがとう。もっと頻繁にここに来たいから、何かポジションが欲しいの。そんなたいしたものではなく。ビジネスや数字は得意じゃないから。でも、これから半年間、何もしないで夫が現れるのを待っているわけにはいかない。何かしなくちゃ」

「マチルダ、きみは大金持ちだ。好きなことができる。何もせずに待つことも含めて」

マチルダは首を横に振った。「いいえ。私はＷＢに関わりたいの。郵便物の仕分けでも、オフィスの掃除でも、なんでもいいから」

ユアン・ウィロビーの娘に掃除をさせるわけにはいかない。反論しようとハビエルは口を開いたものの、実際に出てきたのは別の言葉だった。「わかった、なんとかするよ」

「ありがとう」彼女はうなずき、車の後部座席に乗りこんだ。

「今日はいい一日だったか？」

「ええ、我が家に帰ってきたような気がしたわ。寄宿学校に入る前は、彼らは私の親戚も同然で、よく連絡を取り合っていた。私が大学へ行くようになっても、みんなそばにいてくれた。あのピエトロにさえ、彼らは親切に接してくれた。なのに、だまされていたと知って婚約を破棄したあと、私は彼らを私の人生から切り離した。それがどんなに利己的で未熟な行為なのか、気づかずに。自分の傷を癒やすのに精いっぱいだったから……」

ハビエルは帰途、ずっと彼女から目をそらし、窓の外を見続けていた。この三年でマチルダがどのように変わったのか、今どのように変わりつつあるのか、考える気にはなれなかった。

かつて、変化はすべてを支配する彼にとって有害でしかなかった。

マチルダを除いて。内なる声がささやく。とはいえ、まもなく彼女はほかの誰かの問題になるだろう。なるべく早く、マチルダが断れない完璧な結婚相手を見つけなければ。

家に着くなり、ハビエルは車を降り、玄関前の階段を急ぎ足で上がった。しかし、またもマチルダは紫色の花が咲き乱れる東屋《あずまや》の下で足を止めた。

「ハビエル、あなたの家は本当に美しい。もっと時間をかけて楽しんだら?」

ハビエルは振り返った。夕日が彼女の髪に降り注いでいる。一日の終わり近くになって、まとめられていた赤い髪は幾筋かこぼれ落ち、顔のまわりで跳ねていた。決して飼い慣らされることのない彼女のように。

「どうやって楽しめばいいんだ?」ハビエルは少しいらだちながらきき返した。

マチルダはため息をつき、頭を一つ振ってから階段をのぼり始めた。しかし、家の中に入ろうとはせず、代わりにハビエルの腕を取った。

「息を吸ってみて」マチルダは彼を階段の下へと連れ戻し、蔓《つる》と花々の下に立った。花の甘い香りとマチルダ自身の匂いが漂う。彼女は東屋を見上げ、薄れゆく陽光が東屋を包むさまに見入った。

ハビエルはただマチルダを見つめるしかなかった。セクシーな唇の曲線、乱れたカール。もし二人の人生が違っていたら、とっくにベッドを共にしていただろう。その欲望が今、ハビエルの心を引っかきまわしていた。

どうして彼女を手に入れてはいけないんだ?

その答えは明らかだった。マチルダは恩人ユアンの娘であり、ハビエルの被後見人だからだ。

それでも、マチルダが顔を上げて彼を見つめたとき、ハビエルは自分の心の闇に光が差した気がした。何かすばらしいものに心を開くことで、過去を償えるような。隠していた古傷が癒やされるような。

だが、とハビエルは思った。どんな光もおとぎ話にすぎない。母はそれを信じていたのかもしれない。そして、ユアンの早すぎる死を除けば、母にとってはうまくいっていたのだろう。

とはいえ、母は彼女が結婚した怪物とは血縁関係がない。僕は違う。母の選択ミスによって、あの男が僕の父親となった。

そう、ハビエルはあの怪物の血を引いていた。彼にそれを感じさせたのは、トラウマだけではない。ハビエルは暴力の連鎖に関する研究書を何度も読んだ。その結果、暴力の連鎖を止めるのがいかに難しいかを理解していた。

だから、その連鎖を止めるために、ハビエルは全力を尽くすと誓ったのだ。

今、二人は熱っぽく見つめ合っていた。いつもなら、マチルダは目をそらし、そそくさと立ち去るところだ。しかし今夜、彼女はそうしなかった。

この瞬間、ハビエルは彼女にキスをすることができた。菫色《すみれいろ》の瞳を見れば彼女がそれを期待しているのがわかった。これはユアンに対する一方的な裏切りではない。二人の間には、年を追うごとに輝きを増す化学反応が確かにあったからだ。

キスをして何が悪いんだ？　心の中の悪魔がささやいた。

マティは息も絶え絶えだった。調子が狂う。何かが……変わった。周囲の空気も、彼の視線も、私の内面も。

ハビエルはあまりに近くにいた。たぶん意図的に。その視線は彼女の胸の内を見透かすかのようだった。彼のことを兄でもなく、後見人でもなく、美しい男性として見るのはきまり悪いが、不快ではなかった。

マティはこれまで、危険だと感じるものから逃げよう、隠れようとしてきたが、このときばかりは、好奇心が頭をもたげていることに気づいた。

ハビエルは私にとって本当に危険な存在なの？

逃げたり隠れたりするのはもうやめようと決めたマティは、本能に逆らって身を乗り出した。胸がざわつき、頬が熱くなる。同時に、今ここで恐れることは何もないと気づき始めた。

もしかしたら私はまた間違うかしれない。でも、間違うのも人生の一部だとエレナは言っていた。失敗を恐れずに立ち向かえば、その先にすばらしい新世界が待っているかもしれない。その向こう側にあるものを見つけることができるかもしれない。しかし、今回だけは従来の姿勢を貫き、マティは自ら動こうとはしなかった。

すると、ハビエルが彼女の目から口へと視線を落とした。

彼の熱が伝わってきて、マティは息が苦しくなった。感じやすい部分がすべて息づき、もだえだす。慣れない感覚だったが、彼女はそれが何か知っていた。欲望にほかならないと。

「僕たちにはするべきことがある、親愛なる人《カリーニョ》」そっけなく言いながらも、彼の声音には葛藤がにじんでいた。「薔薇《ばら》の香りを嗅いで一日をやり過ごすわけにはいかない。すまないが、行くよ」

「薔薇じゃなくてブーゲンビリアよ」マティは去っていく彼の後ろ姿に向かってつぶやいた。だが、彼は振り向きもせずに、そのまま立ち去った。

マティは叫びたかった。足を踏み鳴らしたかったけれど、ただどきどきしながら東屋の傍らに立っていた。彼女はピエトロとの間に、この暗くて荒々しいスリルを感じたためしはなかった。ピエトロはいつも紳士的だった。婚約前に二年間もデートを重ねていながら、結婚するまでキス以上のことはしないと明言していた。

当時、マティはそれをロマンティックな考えだと思っていた。だがのちに、彼女を愛しているかのように振る舞えても、欲望は抱けない男の口実だと気づいた。

そして今、ハビエルが土壇場でキスをやめたのは、私に欲望を抱けなかったからだ……。

いいえ、違う。経験の少ない私にははっきりとわからなかったが、彼の目には確かに欲望の炎が燃えていた。けれど、なんらかの原因で先に進むのをやめたのだ。

おそらくハビエルは、年相応になった私に魅力を感じたに違いないが、私のことが好きではないために躊躇《ちゅうちょ》したのだろう。

今朝、彼はオフィスで私を慰めた。あれはエレナの言うようにハビエルの優しく温かな一面が発露したにすぎない。異性としてではなく、父親代わりとしての行動だったのだ。彼は常に私のことをユアンの娘として見ている。それ以上でも以下でもない。今なお。

マティはいらいらと息を吐き出した。ああ、彼は私の口元を見ていたのに……。マティは彼とのキスがどんな感じなのか知りたくてたまらなかった。ハビエル・アラトーレの唇が私の唇に重なる——そう思うだけで、マティは身震いした。そして一瞬、彼に触れられたらどんな気持ちだろうと想像した。

体の内側に渦巻く熱い欲求は、これまでマティが感じたことのないもの、感じるのを許したことのないものだった。

なぜなら、いつも安全策をとっていたから。ピエトロにはまんまとだまされたけれど。

そして今、彼女は初めて、危険を味わいたいと思った——ハビエルと。

なのに、ハビエルは立ち去った。彼にとって私はあくまでユアンの娘なのだ。それを打破するには、何かしなければならない。

　ハビエルは世界で唯一の男性ではないし、私は今まで欲望を抱いたことがなかったかもしれない。けれど、今は私の中で欲望が渦巻いている。

　もしかしたら、ほかの誰かに対しても欲望を抱けるかもしれない。長身で肩幅が広く、獰猛《どうもう》な黒い瞳を持つハンサムな男性ではなく。

　チャリティ・ガラで、ハビエルと同じような目つきで私を見てくれる人を探そう。たとえ結婚まで行き着けなくても。たとえひどい人だったとしても。その選択が間違いだったとしても。

　結局のところ、ハビエルはそうしてきたんじゃない？　彼は何人もの美女とベッドを共にしてきた。金曜日、きっと誰かが私を欲しがる。たぶん。

11

　ハビエルはまた待たされていることに気づき、おのずと不機嫌になっていた。もっとも、それは二日前の夜からだった。マチルダという誘惑に対抗する手立てをまだ見つけられずにいたからだ。

　マチルダが階段の上に現れたとき、彼は頭が真っ白になった。セイレーンがまとうような露出度の高い赤いドレス、青白い肌。目は宝石のように輝き、髪はふんわりと広がっていた。

　体のあらゆる部分が締めつけられ、ハビエルはマチルダを切望した。欲望の炎に身を投じる価値はきっとある。彼女が階段を下りきったとき、彼は手を伸ばしかけた。その場で彼女を貪り食うために。

マチルダを味わう、今ここで……。

「大丈夫?」罪の化身のような姿でそこに立ちながら、彼女は尋ねた。無邪気な目をして。トップスはハイネックで、控えめな印象を与えているものの、きらめく生地は第二の肌のように、彼女の曲線を惜しげもなく見せつけていた。

ハビエルはなんとか声を絞り出した。「前のドレスとはずいぶん違うな」

「そう? パンツがないから?」

「肌の露出が多いからだ、親愛なる人《カリーニョ》。チャリティの場にふさわしいとは思えない」

「でも、カルメンはこれを着るようにと……。この間の舞踏会では、これによく似たドレスを着た女性をたくさん見かけたわ。それに、もし結婚相手を見つけるのが目的なら、男性に魅力的だと思われたい。世の中には私のことをあまりにひどいと感じる人もいるようだから、赤い髪と大声で笑うのを忌まわしいと思わない人を見つけるつもり。このドレスはその目的にぴったりだと思う」

ハビエルは、欲望と怒りに内側から攻撃されているような感覚に襲われた。「一秒でもあのろくでなしのことを思い出すと、はらわたが煮えくり返るよ。ディエゴの指摘は何一つ当たっていない。そんなものに惑わされるな」

マチルダはにっこり笑ってうなずき、彼と腕を組んで歩き始めた。「今夜はどんな人を用意しているの?」

その朗らかな声に、ハビエルは彼女の態度が先日の夜とは違うことに気づいた。

今夜引き合わせる予定の男について、ハビエルは徹底的に調査した。経済状況、ビジネス、さらにその交友関係について。スキャンダルとは無縁の男で、悪い評判は聞かなかった。

だが、こんな格好のマティを紹介するのは……。

ハビエルは答えた。「一人もいない」

マチルダは立ち止まり、眉をひそめた。「どういうこと？」

ハビエルは彼女を車のところまで引っ張っていき、後部座席に乗せた。「最初のイベントのあと、僕は花婿候補について改めて徹底的に調べ、リストを作成し直した」

「そのリストの中に、今夜のイベントに参加する人は一人もいないというの？」

「そうだ」ハビエルは嘘《うそ》をついた。こんな誘惑を絵に描いたような格好のマチルダを誰かに紹介するなどありえない。

走りだした車の中に漂う彼女の香水は刺激的で、ハビエルは閉口した。

「なのに、私たちはチャリティ・ガラに出席するのね？」マチルダは彼のほうに顔を向けて尋ねた。

いい質問だ。ハビエルは運転手に今すぐ引き返すよう言いたくなった。そうすれば、彼以外の誰もよだれを垂らしてマチルダを見つめることはないだろう。その一方で、もし今引き返したらどうなるか、ハビエルは心配になった。

そこで彼は嘘を重ねた。「きみはたしか、自分の好みも言わせてと訴えていなかったか？　今夜、自分の好みの男がいるか見てみるといい。もし見つかったら、すぐに詳細な身辺調査に取りかかる」

「情けない……」マチルダはシートにもたれ、悲しそうにつぶやいた。「どうして私は普通の女性のようにできないの？」

「きみが金持ちだからだ」ハビエルはにべもなく言った。「きみはその事実を受け入れるだけでいい」

「そう、受け入れるだけでいいのね。なぜそれを思いつかなかったのかしら？」皮肉がマチルダの口をついて出た。

今この瞬間、ハビエルは手を伸ばし、彼女の脚を撫《な》でることができた。身を乗り出し、首筋に口を押し当てることも。

ハビエルは目を閉じた。当然のことながら、ユアンはそのどちらも望まないだろう。たとえユアンがどんなにハビエルのことをよく思っていたとしても、今抱いている願望を認めはしないだろう。

マチルダを裸にして組み敷いて、自分のものにするのを。

そんな欲求を抱く僕は、結局、怪物なのだ。その性向を鎖で縛る方法を身につけているとしても。

マティは心の中で、このイベントは前よりずっと楽しいと認めた。それは彼女が楽しもうと決めたからだ。あるいは、目標があったからかもしれない。

多くの男性からダンスに誘われ、飲み物を勧められた。また、ユアンを知っている女性とボランティア活動について会話が弾んだ。

目標を持って公の場に出るのは、さほど難しいことではなかった。確かに、彼女を横目で見たり、ピエトロとの騒動についてささやいたりする人もいた。けれどもう三年も前のことで、世間の目に対する不安の大部分は自分の心に根差しているのだという結論に達しかけていた。

「ああ、そこにいたんだね？」

バルコニーに立って広い庭を興味深く見渡していたマティは、聞き慣れない声があがったほうに顔を向けた。近づいてくる男性に礼儀正しくほほ笑んだものの、その男性に見覚えはなかった。

「こんばんは」彼が誰なのか考えながら、マティは挨拶をした。

「僕のこと、知らないでしょう？」

彼は見映えがよかった。スーツは見るからに高価そうで、体にフィットしていた。青い目は美しく、ブロンドの髪は少しぼさついていたが、うまくセットされている。長身で肩幅も広く、ハンサムだ。

「きみのお兄さんは、今晩、僕たちを紹介する予定だったと思うんだが、彼は僕を避けているようなんだ」彼はそう言って手を差し出した。「まあ、彼はこの農村安全連合が必要とする寄付を得るために忙しいからしかたがないのかもしれないが」

マティは眉根を寄せ、バルコニーの開け放たれたドアの向こうに目をやって、ハビエルの姿を捜した。彼は今夜は会う人はいないと言っていたが、この男性がここに来るとは知らなかったのかもしれない。どこかで行き違いがあったのだろう。

ほどなく人ごみの中にハビエルを見つけた。マティよりもはるかに際どい服を着た女性と話している。スカートの丈はマティと同じくらいだが、ネックラインは深いV字型で、豊かな胸を強調していた――ハビエルの脇腹に押しつけるようにして。彼は魅力的な笑みを浮かべ、女性の背中に手を添えていて、完全にリラックスしているように見えた。そんな彼の姿を見るのは、スコットランドを離れて以来、初めてだった。

マティはなぜか胸を締めつけられた。

彼女は男性を振り返り、差し出された手を取って握手をして、精いっぱい愛想のよい笑みを張りつけた。彼はハンサムだし、もしかしたらすぐに打ち解けられるかもしれない。「私はマチルダ・ウィロビー。マティと呼んで」

「僕はヴァンス・コナー」

「スペインの人ではないみたいね?」

ヴァンスはほほ笑んだ。「ロンドン生まれのロンドン育ちだ。数年前、WBで働くのが目的でこっちに引っ越してきたんだ」

「それで、あなたは今、この団体のためにどんな活動をしているの?」慈善活動をしているからといって、彼が善人だとは限らないけれど、マティは彼の人間性については心配していなかった。気がかりなのは、彼の中に情熱を見つけられるかどうかだった。

「僕はアーティストなんだ」彼は無表情にそう言ったが、彼女がぽかんと口を開けたのを見て口元に魅力的な笑みを宿した。「冗談さ。申し訳ない。僕はここバルセロナにある美術館の財務部門を担当している」

「まあ、そうだったの。ごめんなさい、ユーモアを解するセンスがなくて」

ヴァンスの目の青が濃くなった。「その点は改善する必要があるね。バーから何か飲み物を持ってこようか？」

先日のクラークとは違うようだ。実際にヴァンスはバーから飲み物を調達してきて、席も確保した。そして、二人はしばらく話した。WBやロンドンやバルセロナのことを。彼はさらにボランティア活動についても話した。

マティのほうは自分の庭のことを話した。彼は植物に関して知識はあまりないものの、投げかけてきた問いは筋がよかった。

やがてマティはダンスに誘われた。彼はとても紳士的で、高価なコロンの香りがした。ダンスも上手で、熱心に彼女をリードした。

マティも彼に気持ちを集中しようとしたが、ときどき人ごみの中にハビエルの姿を捜して視線をさまよわせた。例の女性がいつも彼にぴたりと張りついている。マティは気になったが、懸命な努力によってヴァンスへの集中力をなんとか維持した。

初めてのデートのような気分だったが、東屋《あずまや》の傍らでハビエルから受けたような衝撃は感じなかった。マティは自分に言い聞かせた。ヴァンスのことをよく知らないうえ、まだだまされるのではないかという恐怖心に取りつかれているからだ、と。

「そんなに植物が好きなら、ここの庭園を見学したらどうかな？」二回目のダンスのあとでヴァンスが切りだした。「僕が案内するから、花について教えてくれないか？」

マティは、ハビエルの視線が彼女の口元に注がれたときの反応に少しでも似せようと試みたが、失敗に終わった。それでもヴァンスの腕を取り、庭へ向かった。そこでもしキスを求められたら、熱心に応えるだろうと思いながら。そしてそれ以上のことも受け入れるつもりだった。

結婚や永遠の愛について心配する必要はない。ヴァンスが顔面どおりいい人なのか、それとも詐欺師の顔を隠しているのか、それも心配する必要はない。ハビエルのことはまったく頭になかった。

マティは欲望に集中しようとした。初めての挑戦。どんな危険にも飛びこむつもりでいた。

私はもう逃げない。

「マチルダ……」

暗がりからふいにあがった声に振り返ると、ハビエルが立っていた。

「すまないが、帰らなければならない」

「何かあったの？」エレナはいぶかった。何か事故でも？ たとえば火事とか。

しかし、彼は落ち着きはらった態度で一歩前に進み出た。そしてヴァンスの脇に挟まれた彼女の腕に視線を注いだ。

幸い、ヴァンスは彼女の腕を解放したりしなかった。彼はハビエルに向かってほほ笑んだ。「もしお急ぎでしたら、あとで僕がマティを送っていってもかまいませんよ、ミスター・アラトーレ」

マティが口を開くより先に、ハビエルはきっぱりと言った。「あいにくマチルダを連れていかないといけないんだ」

「どうして？」マティは尋ねた。ハビエルは少々過保護だと思いながら。

「車が待っている」彼女の問いには答えず、ハビエルは言った。

マティが事情をのみこめずに首をかしげると、ヴァンスが彼女の耳元にささやいた。

「あとでハビエルの秘書からきみの電話番号を聞いて、連絡するよ」

マティはうなずき、彼にほほ笑みかけた。「ええ、そうしてくれるなら」

すると、ヴァンスがマティの腕を軽く握ってから放したので、彼女はハビエルのほうに顔を向けた。彼の表情は不可解だったが、その目には地獄を連想させる業火が燃えていた。

ハビエルがなんらかの理由で苦悩している――そう思うなり、マティは彼に近づいた。そして、偽りの笑顔で人々に別れを告げながら、彼と並んで出口を目指した。

帰途の車中、マティはしばらく何も言わなかった。そして、急に疲れを覚えたとき、ようやく疑問をぶつけた。「どうして急に帰ると言いだしたの、ハビエル？　前は早く帰ったことを叱ったのに」

「きみがまた恥をかかないように手を打っただけだ。男が女を暗い庭へといざなう目的はただ一つだ」

信じられない。マティは目をしばたたいた。ハビエルは威圧的な保護者役を演じるつもり？

マティの中で強い怒りが芽生え、疲れが吹き飛んだ。「ハビエル、なぜ私があそこにいたと思う？」

彼の顔がこわばった。「まあ、公の場で売春をするほど分別がないとは思っていないが。しかもチャリティの催しで忙しい最中に」

あまりの言いように、マティは過呼吸になりかけたが、なんとかこらえた。私は自分を守らなければならない。「私がそんなことをすると本気で思っているの？　あなたが触れようとした女性たちは、みんな娼婦《しょうふ》だったの、ハビエル？　パーティの最中にあなたの体に胸を押しつけた女性も？」

「今なんと言った？」ハビエルは怒気を込めてきき返した。

「私にも楽しむ権利があるはずよ」

「だったら、もっと早くに楽しむべきだった。なのに、きみは孤立を選んだ。きみをスコットランドに送り返して、僕が将来の夫を勝手に選び、きみの仮面をつけた女性にバージンロードを行進させようかと思ったくらいだ」

マティは苦々しげに笑った。「あなたは地球上でいちばんの妄想狂かもしれない」どうして私はこんな人にくっついてバルセロナまで来てしまったのだろう。一刻も早く自分自身のために立ち上がる方法を見つけなければ。

突然、マティはエレナのアドバイスを思い出した。

表面的にはハビエルに迎合し、実際には自分の好き勝手にすればいい……。

そこで彼女はヴァンスの電話番号を自分で手に入れようと考えた。そして明日、彼に電話をしてデートの約束を取りつけようと。

車が止まるやいなや、ハビエルは降りた。だが、マティのためにドアを開けようとはしなかった。その小さな報復に、自分がなぜ笑ったのか、マティにはわからなかった。たぶん、ハビエルが腹を立てていることを知ったからだろう。

でも、どうして腹を立てているの？　わけがわからない。私は夫を見つけるために彼の言うとおりにしていたのに。

マティは車を降りた。「説明してちょうだい。私たちがいったい何をしているのか説明して」

ハビエルは階段の下で立ち止まった。彼はマティに背を向け、外灯の明かりと花に包まれている。マティは深い痛みと苦痛に襲われた。なぜなら、彼こそマティが望んでいた人なのに、どうすればその望みが叶《かな》うのか見当もつかなかったからだ。

「公の場で下手な決断をしても夫は見つからない」

「庭を散歩することが下手な決断だというの？」

ハビエルは振り返った。「あの男が求めていたものがそれだけだと思っているのなら、きみは学ぶべきことがまだまだたくさんある」

「もしかしたら、私は彼が求めていたものを与えたかったのかもしれない」

「マチルダ、きみは彼のことを知らない」

「あなたが手を出した女性について、あなたはどれだけ知っていたというの？」マティは彼に詰め寄った。「少なくとも私とヴァンスは初めてのデートで楽しい会話をした。彼はあなたが私たちを引き合わせるつもりだったという印象を抱いていた。なぜあなたは気を変えたの？」

「今話し合っているのは、僕のことじゃない」

マティは苦笑を浮かべた。ハビエルに平手打ちを食らわしたかった。そうでもしないと気がすまない。しかし彼はそこに悠然と立ち、怒りに満ちた目でマティを見下ろしていた。ブーゲンビリアの甘い香りが漂い、月光があたりを銀色に照らす中で。

なんてハンサムなのだろう。怒っていても彼の魅力が損なわれることはない。まったく。

「まあ、いい。きみは僕の囚人ではないからな」ハビエルの声は低く、ある種の愛撫《あいぶ》のように彼女を震わせた。「そんなに無謀なことをしたいのなら、車で送ってもらえ。選んだ男に脚を開くがいい」

このばかげた言い争いのさなか、ハビエルのことが好きでもないのに、なぜ自分の体が反応するのか、マティには理解できなかった。私が選ぶのはあなたよとばかりに体がうずいたことが。

彼は再び暗いまなざしをマティの口や胸に注いだあと、踵《きびす》を返した。「おやすみ」

12

ハビエルは自分がコントロール不能に陥っていることを知っていた。だからマチルダから離れ、ジムに直行した。彼女のことを思うたびに張りつめる体を罰するために。

それでも、平静を取り戻すのは不可能だった。

マチルダは見知らぬ男に身を投げようとしていた。チャリティ・ガラの最中に。今この瞬間にも、彼女はそうしているかもしれない。ヴァンス・コナーに手を握らせ、キスをして……。

ハビエルは自分は偽善者だと認めざるをえなかった。かつてはマチルダに夫を見つけるよう促しながら、いざ彼女が積極的に行動を起こすと、理不尽にも非難したのだから。

彼はヴァンス・コナーのことをマチルダの夫として悪いとは思っていなかったし、二人を引き合わせれば、ヴァンスがマチルダの将来の夫になる可能性が非常に高いと確信してもいた。

だが、目下の問題はヴァンスではない。

マチルダだ。あのドレス。ミセス・フェルナンデスにほほ笑む姿。植物を子犬のようにかわいがる姿。そして、あの庭で彼女とヴァンスがしたであろうことを想像すると……。

すべてをコントロールする術《すべ》を身につけた彼でも制御できないほどの激怒がハビエルを襲った。

しかし彼は、マチルダが部屋で安全に過ごすよう仕向けるのではなく、ヴァンスを求めてガラの会場に戻るようあおって彼女を置き去りにした。自分を制御できずに。

この野蛮な怒りを和らげるにはマチルダの肌に触

れるしかないとわかっていた。ジムで体を苛《さいな》んだところで、無駄なのだ。ハビエルはバスルームに飛びこみ、シャワーブースで冷たい水を浴びた。それでも彼の体は痛いほどに単純な解放を求めていた。

水は氷のように冷たく、体に激しく打ちつけていたが、体内を駆け巡る熱を消し去ることはできなかった。何か手を打たなければならず、彼はマチルダのことを思い浮かべるなと自分に厳命した。

だが、無残にも失敗した。荒々しい炎のような髪。怒ったときの瞳の輝き。行く先々でマチルダが振りまく香り――それは彼女の愛する庭から摘み取られたばかりの野の花のようだった。

マチルダにキスをしたかった。彼女の中に我が身をうずめたかった。ベルベットのような象牙色の肌に触れ、喜悦の声をあげさせたかった。

欲望のあかしに手を伸ばし、自らを慰めていたとき、ドアが開く音が聞こえ、彼は固まった。

「ハビエル……」マチルダがシャワーブースのガラス越しに呼びかけた。「話があるの」

それでも、彼は手を止めなかった。あまりに多くのことが脳内でせめぎ合い、とっさに反応することができなかったのだ。

マチルダはただそこに立っていた。頬は赤く、目は大きく見開かれている。まだあのなまめかしいドレスを着たままだが、はだしで、化粧は落としていた。そして、彼女は逃げなかった。ハビエルを凝視している。彼が何をしているのか見て取ったのは間違いない。それでも彼女はその場に立ちつくし、彼の手の動きを見つめていた。

なんてことだ！　彼の頭の中で理性が咆哮《ほうこう》した。狂気を駆逐するために。すぐに彼女を追い払え。

だが、狂気が、欲求が――内なる怪物が、理性を打ち負かした。だからハビエルは、その反応を見るために彼女を見ながら、手を動かし続けた。

マチルダは目をそらさなかった。頬をピンクに染め、口を少し開けたまま一歩近づいた。だが、どうしたらいいのか途方にくれたように、足を止めた。

「マチルダ、ドアを閉めろ！」ハビエルは歯を食いしばって命じた。だが、彼はマチルダがバスルームの内か外か、どちらに行くべきかは指示しなかった。あるいは、それが彼の狙いだったのかもしれない。

マティは怒りに駆られ、彼を見つけて話し合おうと決意した。シャワーを浴びているところに押しかけてまで。

彼女は何も期待していなかった。ただ二人は向き合わなければならないことだけはわかった。

バスルームの中の空気は湿り気を帯び、妙に寒い。彼女はシャワーブースのガラス越しに彼を見た。水を浴びているのか、湯気は立っていない。

奔流がたたきつけられ、ハビエルの印象的な筋肉質の体を滑り落ちる。しかし、マティの目を引きつけたのは、たくましい腕でも、見事な大腿四頭筋でもなく、彼が自ら握っている大きくて硬い欲望のあかしだった。

たちまち口の中がからからに乾き、下腹部に欲望の熱い渦が生じて、自分がなぜここにいるのか、マティはすっかり忘れた。

「マチルダ、ドアを閉めろ！」ハビエルが叫んだ。

心臓が激しく打ち、彼女は何も考えずに後ろ手にドアを閉めた。

「マチルダ、選択肢は三つある」彼の声は低く、鋭く、厳しい。

選択肢？　そんなものがあるとは、マチルダはまったく思わなかった。ただ、彼を見ていたいという欲求しか感じなかった。

「当然のことながら、逃げてもかまわない」

それに関しては、マティの答えははっきりしていた。私はもう逃げない。声が出なかったので、彼女は首を横に振った。

「さもなくば、そこで見続けるがいい」ハビエルの目は、二人を隔てるガラスに遮られながらも、暗くけぶっているように見えた。

マティは震える息を吐いた。見続けるって、何を？

「あるいは……僕と一緒にシャワーを浴びるか」

彼女はマラソンを走り終えたかのように息を切らし、胸が苦しくてたまらなかった。ハビエルに触れたい。彼を味わいたい。ヴァンスには抱けなかった欲望が今は息づいていた。

こんなことは生まれて初めてだった。これまでは危険を冒したいと思ったことなどなかったのに、マティは今、もはや引き返せないと覚悟した。

今こそ、危険に立ち向かい、それを乗り越える術を学ぶときなのだ。

マティは背中に手をまわしてファスナーを下ろし、ドレスを床に落とした。ブラジャーと下着だけになった彼女に、ハビエルの熱を帯びた視線が注がれる。彼は彫像のように身じろぎもせず、ただ、欲望のあかしに添えられた手だけを動かしていた。

「そこまでだ」ハビエルが命じた。

マティは男性の前で裸になったことはなかった。相手がハビエルだからこそ応じたのだ。マティは彼を求め、ハビエルもまた彼女を求めていた。

だから、ハビエルは私をヴァンスから引き離し、家に連れ帰ってきたのだ。たぶん、彼は欲望の赴くままに行動するつもりはなかったのだろうが、私とヴァンスが親密になるのも許せなかったに違いない。嫉妬？　所有欲？

それがなんであれ、マティに勇気を与えた。生まれたままの姿になる勇気を。ハビエルの前で。

なんて美しい男性だろう。けれど、筋肉質の美しい体には、実の父親につけられたと思われる古い傷跡があった。

ハビエルがシャワーブースのドアを開けた。

マティは唇を舐《な》め、唾をのみこむと、勇気を振り絞ってシャワーブースの中に足を踏み入れた。

そのとたん、彼女は冷たい水しぶきを浴びて思わず声をあげた。するとハビエルは、左手で彼女の体をまわして壁に押しつけ、自らの体を盾にして氷のような水を防ぎ、右手でシャワーを水から湯に切り替えた。

二人の視線が絡み合う。マティは多くの理由で震えていた。寒さはその理由の中で最も小さい。

「これは間違いだ」ハビエルはうなった。

「私は気にしない」なぜなら、この欲望の向こう側に何があるのか知ったら、私はこの間違いを一億回繰り返すだろうから。私は恐れるのをやめたのだ。

ハビエルはゆっくりと、そして意図的に、彼女の全身に視線を這《は》わせた。ああ、その視線が彼の手であったなら……。けれど、長い間、彼はただ見ているだけだった。そこでマティも体の向きを変えて、彼の全身を食い入るように見つめた。

それに応えるかのように、ハビエルはようやく手を伸ばして胸のふくらみの下を親指でなぞった。

それだけでマティはうめき声をあげた。

「きみはこれを選ぶべきじゃなかった、親愛なる人《カリーニョ》。逃げるべきだった」

「もう逃げるのはやめたの」その言葉を証明するために、マティは爪先立ちになり、彼の口に懸命に唇を押しつけた。彼の濡《ぬ》れた肩に腕をまわして。

すぐさまハビエルはキスを返した――ついに。

彼に惹《ひ》かれていることを受け入れてからまだ数日しかたっていないのに、マティはこれを何年も待っていた気がした。

ハビエルはマティの曲線を愛撫《あいぶ》しながら、キスを深めて彼女の舌と歯を貪った。たちまち彼女はすさまじい欲望に駆られ、今にも爆発しそうだった。

マティは何かを、キス以上の何かを求めていた。心の底から。「お願い……ハビエル」言いながらも、彼女は自分が何を懇願しているのかわからなかった。

そして、ハビエルは大きな手を彼女の下腹部に伸ばし、彼女が求めているものを与えようとした。

その瞬間、マティはなぜか、そこに触れていいのは彼だけのような気がした。彼女はハビエルを信頼していた。自分が彼に言いようのない畏怖を感じていたときでさえ。

ハビエルは脚の付け根に触れ、熟練した指使いでマティに未知の熱情と喜びを与えた。彼女は恥ずかしげもなく腰を突き出した。彼がもたらすこの感覚を追い求めるためなら、なんでもしただろう。

「貪欲な子だ」ハビエルがつぶやいた。「見てごらん。きみはしとどに潤っている。さあ、何もかも忘れて、僕の指に身を委ねるんだ、マチルダ」

ハビエルの暗い声が、指の動きが、周囲に飛び散るシャワーの湯が、彼女を新たな境地、新たな世界へと送りこんだ。

激しい震えのせいでよろけたマティを、ハビエルはすぐさま支えて抱きしめた。

マティはこれまで、ハビエル・アラトーレは危険で、距離をおくべき存在だと思いこんでいた。けれど、畏怖の向こう側にいる彼を、ずっと知っていたのかもしれない。ただ彼女にはそれを認める準備ができていなかっただけで。

ハビエルの手が下腹部から胸のふくらみへと移ると、マティは自分の人生のすべてが彼の手に委ねられているように感じた。なぜかはわからない。本来なら脅威を感じるべきなのに、どうして体内で欲望の嵐が吹き荒れているのだろう？

「ハビエル、お願い……」

彼は手のひらを彼女の喉元に当て、親指と人差し指で顎のラインをなぞりながら尋ねた。「僕に何を頼んでいるんだ、僕の親愛なる人《カリーニョ・ミオ》？」

彼女は未経験のこの行為に対して、簡単な言葉しか持っていなかった。「あなたを……私の中に」

次の瞬間ハビエルが発したうなり声はほとんど野獣のようで、野性味にあふれていた。彼はマティの脚を大きく開き、我が身を沈めるのに必要な高さまで持ち上げた。そしてすぐさま彼女の中に押し入った。

彼の欲望のあかしはあまりに大きく、マティは痛みというよりその圧迫感に耐えられず、身をよじった。そして息を吸いこみ、ゆっくりと吐き出した。彼のうめき声が火花となって彼女の胸の奥で弾《はじ》ける。ハビエルの胸筋がとがった胸の頂に触れるや、マティはのけぞってこすりつけた。

ハビエルが彼女の中でゆっくりと動きだす。マティは本能に突き動かされて一緒に動いた。彼とこうすることが宿命であったかのように。

しだいにお互いの緊張が募っていき、無数の感覚に圧倒される中、ハビエルは彼女を初めて知る高みへと連れていった。快感の波が次々と打ち寄せ、そのあまりの激しさにマティは泣き叫んだ。そして彼がとどめを刺すようにありえないほど深く貫いた瞬間、マティは彼の体が震えるのを感じた。彼女は、自分が彼によって至福の境地に導かれると共に、自分も彼をそこに導いたのだと感じ、誇らしくなった。

その余韻も冷めやらないうちに、ハビエルがつぶやいた。「これにはもなんの意味もないし、二度と起こらないだろう」

マティはショックを受けながらも、自分に言い聞かせた。ハビエルは私を内面的にも外面的にも変えた。私は彼のものになった――彼が何を言おうと。

13

僕が行うべきは、マチルダを送り出すことだ。ハビエルは自分にそう言い聞かせた。もう二度としない。マチルダは僕のものではない。今回のことは葬り去り、これからの数カ月間をやり過ごすしかない。そうすれば、彼女のことで思い悩むことも、彼女を誘惑することも破滅させることもないはずだ。

とはいえ、マチルダとのセックスがいつも楽しんでいたものとはまったくの別物だと気づき、そうなる可能性に思い至らなかったことを悔やんだ。明らかに快楽を得るためだけのセックスではなかった。

彼女はただ美しいだけでなく、とても開放的で、まさに僕にふさわしい……。

いや、違う。マチルダは決して僕のものにはならない。重要なのはそこなのだ。僕はユアンの娘に手を出してしまった。この過ちを僕は償わなくてはならない。過ちを繰り返してはいけない――絶対に。

そのためには、ビジネスライクに徹することだ。だが、まずはここから出なければ。マチルダはびしょ濡《ぬ》れで震えている。ハビエルはシャワーを止め、バスタオルを二枚取り出した。一枚を自分の腰に巻き、もう一枚で彼女をくるんでベッドに運んだ――彼の聖域へと。

ハビエルはマチルダを大きなマットレスの真ん中に寝かせた。彼女は伸びをして目を閉じた。白いタオルに包まれ、赤い髪が濡れて黒みを帯びている。マチルダがため息をついたとたん、彼は恐怖と後悔と罪悪感に襲われた。しかし、幸せそうな彼女を見ていると、それらが表に出ることはなかった。

マチルダは目を開け、その美しい菫色《すみれいろ》の目で彼を見つめた。「ハビエル、いつから私のことを……

こんなふうに思っていたの？」

「こんなふうにきみのことを考えてはいけなかったんだ」彼は正直に答えた。マチルダに二人の関係を誤解してほしくないからだ。彼女を傷つけたくはなかった。嘘《うそ》や偽りよりはましだ。彼は常に率直だったし、これからもそうあり続けるだろう。

「答えになっていないわ。昔から、あなたが私に触れるたび、何か感じるものがあった。それで、危険な気がして、あなたとの触れ合いを避けてきた」

「それを続けるべきだったんだ」

マチルダはため息をついたが、憤慨しているわけではなさそうだった。なぜなら、ほほ笑んでいたからだ。「あなたはそう言うでしょうね。でも、シャワーの下での経験はとても楽しかったわ、ハビエル。あなたも楽しんでいた。そうでしょう？」

〝楽しんでいる〟という言葉はあまりに単純すぎ、彼はマティの問いに答えることができなかった。

彼女がピエトロとつき合っていたとき、ハビエルはときどき、胸の奥底に棘《とげ》が刺さったような痛みを感じた。ピエトロが彼女の手を握るのを見るたびにいらだちを覚えた。ピエトロのことをもっと知りたいと思ったのは、そのせいだった。そして、あの男がマチルダについた嘘のすべてを暴いた。

そんな自身の行動を、ハビエルはユアンの期待に応えただけだと思いこんでいた。しかし、今この瞬間、彼は知った。マチルダの結婚を望んでいなかったのだと。もしピエトロが無傷の男だったら、ハビエルは二人の結婚を止めるためになんらかの手を打っていたかもしれない。

恐ろしい。憂慮すべき事態だ。

「そうやって一晩中、私をにらんでいるつもり？」

マチルダは寛大な笑みを浮かべて尋ねた。まるでハビエルの胸中を読み取ったかのように、彼の中にある弱さを知っているかのように。だが、マチルダは僕の闇を知らない。彼女が開いてしまった闇を。

ハビエルは彼女に、服を着て自室に戻るよう言おうと口を開いた。間違っても自分からベッドに滑りこむつもりはなかった。

だから、数分後どうしてこうなったのか、ハビエルにはわからなかった。マチルダを抱き寄せ、再びその甘美な唇を味わってしまったのだ。彼女がもだえるまで、彼の名をつぶやき、淫らに懇願するまで。

キスをやめたのはマチルダのほうからで、彼を少し押し返した。彼の下腹部へと視線を走らせ、彼の下で身をくねらせる。そして、キスや羽のような軽い愛撫《あいぶ》を始めた。

「僕の親愛なる人《カリーニョ・ミオ》――」

マチルダは遮った。「すべて知りたいの」

妙な言い方だった。ピエトロと一緒にいるところなど考えたくもなかったが、三年近く一緒にいたのだから、彼女はあのろくでなしと〝すべて〟を試してきたに違いない。もっとも、スコットランドには男友だちがいなかったようだが。

しかし、彼女に触れられたとたん、ハビエルはピエトロのことをいっさい忘れて突き進んだ。天国であると同時に地獄のような場所へと。

彼の目と菫色の目が互いを見交わし、二人の体が重なる。その記憶はこれからのすべての日々、ハビエルを悩ますだろう。喜びと痛みが。

もう二度と訪れない明日がすぐにやってくる。


マティはハビエルのベッドで目を覚ました。暖かくて心地よい朝だ。今まで一度も痛んだためしのない場所が少し痛んだものの、その痛みさえ快く思えた。深く息を吸いこみ、ゆっくりと吐き出す。寝返りを打っても、彼がほほ笑んだり喜んだりすることはないとわかっていた。この先、二人の間に明るい未来がないことも。

賢い女性なら、ハビエルのことはこのままにしておくだろう。このすばらしい経験と満足感を胸の奥に大切にしまって。そして……私はヴァンスで手を打つべきなのだろう。男女が互いに提供し合えるすべてを知った今、ハビエル以外の男性ともあのすばらしい営みを再現できるかもしれない。

とはいえ、昨夜の出来事がなかったとしても、ハビエルは誰よりも大切な人だった。

今、マティは彼に目を向けた。じっと横たわっていたが、目は開いている。表情は厳しく、閉ざされていて、全身がこわばっていた。しかし、彼は何も言わず、彼女を追い出そうともしなかった。

マティは彼の筋肉質の体に刻まれた傷跡を観察した。いくつかはぎざぎざで、いくつかは小さいが、傷はすべて彼の胴に――隠せる場所にあった。彼女はエレナの話を思い起こした。そして、ハビエルは正直に答えてくれるだろうかと思いながら、最も長い傷跡を撫《な》でて尋ねた。「これはどうしたの?」

彼はさらに身をこわばらせた。「どうしたと思う、マチルダ?」

「お父さんに?」

「そうだ」

そのとき、マティは初めて理解した。自分の父親――ユアンがハビエルにとっていかに大切な存在だったかを。なぜ彼がユアンに計り知れないほどの恩義を感じているかを。ユアンがハビエルとエレナに、それまで得られなかった平穏と安全を与えたのだ。

そうしたことをハビエルが口にすることはないだろうと思い、マティは話題を変えた。

「周囲の人たちはみんな、私のことを〝マティ〟と呼ぶけれど、あなたはどうしてずっと〝マチルダ〟で押し通しているの?」

彼はため息をついてベッドから出た。「僕たちは友だちじゃないからだ。きみがこの部屋を出たら、恋人同士でもなくなる」

彼がそう思っていることを、マティは知っていた。しかし、自ら部屋を出ていくつもりはなかった。出ていくのは簡単だが、簡単なことが常に最良だとは限らない。「その点で、私があなたの考えを変えようと努めたらどうなるかしら？」そう言って彼女はベッドの上で、両手両足を大きく広げた。

彼の黒い目に熱がこもり、鼻孔が開いて、大きな手が拳を握る。私がハビエルのような男性にこのような影響を与えるとは誰が想像できただろう。自分の女としての力に、頭の下がる思いがした。

おそらくハビエルは私を欲しがっていたのだろう。そしてたぶん、私の父に恩義を感じていたために、あるいはほかのなんらかの理由で、私に対する性的な衝動と闘っていたに違いない。私には彼の決意を揺さぶる何かがあったのだ。

「きみは負ける。きみにはできない」ハビエルは断言した。しかし、彼はその理由を示そうとはせずに、シャツを手に取って着始めた。

マティはこれまでずっと、彼がなんらかの理由で腹を立てていると思っていた。彼が彼女に背を向けるのは傷つけるためだと思っていた。けれど今、マティは悟った。彼が私から離れようとするのは、私に何か原因があるからではないのだ、と。

「あなたは強い人だといつも思っていた。とても勇敢で、何も恐れない。いつも逃げてばかりいる臆病者とは違う。そうでしょう？」マティはまだ裸でベッドに横たわったまま言った。恥ずかしがるべきかもしれないが、昨夜ハビエルにされたことを考えると、自信のようなものしか湧いてこなかった。そして、長きにわたって誤解していた男性に対する新たな理解も生まれた。

突然ハビエルは立ち止まり、振り返った。荒々しい表情を浮かべ、身構えている。「臆病者……」低い声でつぶやき、かすかに笑った。

その笑いはマティに、自分の言ったことや感じたことに少々疑問を抱かせた。

「親愛なる人《カリーニョ》、僕はこれから数日間、きみを食べつくすこともできる。そして思う存分堪能したら、捨てるだろう。きみから離れるのは優しさからだ。きみは僕の優しさを受け入れる良識を持つべきだ」

彼の厳しい言葉に、マティは屈しなかった。「昨夜のあなたの優しさには感激したわ」

「女性に対してはいつものことさ」ハビエルは意地の悪い笑みを浮かべた。

だが、それは仮面にすぎないとマティは見抜いていた。彼女を傷つけるため、少なくとも突き放すために。多少は嫉妬めいたものを感じたかもしれないが、それ以上に、もっと早く彼と親密になりたかったという切なさに胸を締めつけられた。

その一方、彼と親密になるにはこの数年が必要だったことをマティは理解していた。恋に傷つき、過ちを犯したときに自分が何をしたか、いかに臆病だったかを、知る必要があったのだ。

ハビエルにはもっと時間が必要なのだろう。けれど、それまで臆病者であり続けるつもりはなかった。

マティはベッドを下りた。服はバスルームにある。とりあえず柔らかな毛布を引っ張って体に巻きつけた。「ヴァンスがメッセージを送ってきたかどうか確かめてみるわ」

そう言ってマティは廊下に出て、自室に向かおうとした。あられもない姿をスタッフに見られるかもしれないがそれでもかまわなかった。だが、すぐさまハビエルに腕をつかまれた。

「僕に駆け引きは通用しないよ、お嬢さん」彼の目に怒りの炎が燃え立った。

「ゲームなんかしていないわ、ハビエル」マティは穏やかに返した。「私はあなたが望むものを与えようとしただけなのに、あなたは拒否した」肩をすくめ、恩着せがましい態度を保とうと努めながら続ける。「私は物乞いはしない」

「昨夜、きみはまさにそうした」

マティはほほ笑んだ。「あなたもね」

ハビエルは顔をしかめ、彼女の腕を放した。

彼の反応は、マティに満足感をもたらした。というより、この奇妙な展開のすべてがそうだった。おそらく、数日前にこんなことが起こると誰かに聞かされたら、突飛に思えたかもしれないが、完全に正しいと感じただろう。まるでこの瞬間をずっと目指してきたかのように。

ハビエルには過保護という欠点があるが、それでもマティは彼が好きだった。その欠点の核心は善であり、どこかでゆがんでしまっただけなのだから。

誰かを守りたいという、過剰な保護欲。

ハビエルに傷を負わせた父親なら、エレナをも傷つけたに違いない。それを目撃するうちに、ハビエルの中に母親を守りたいという強い気持ちが芽生えたのだろう。

かわいそうな少年。かわいそうなエレナ。

ハビエルはそのトラウマにいつまで苛《さいな》まれていたのだろう?

マティはハビエルに保護的な感情を抱いたことはなかった。彼の自信に満ちた態度の裏に誰かを求める気持ちが潜んでいることに気づかなかった。

もちろん、ハビエルは助力や同情を歓迎しないだろう。そのことはマティにもわかっていたが、だからといって、それを提供できないわけではない。そうでしょう?

「ハビエル、私たちはお互いをだいたい知っているし、気に入ってもいる。それに、明らかに体の相性もいい。だから、結婚すれば幸せになれるんじゃないかしら。なのに、どうして私をわざわざほかの男性に嫁がせようとするの？」

「幸せ？　きみはあんな悲惨な経験をしたのに、まだおとぎ話を信じているのか、マチルダ？」

「幸せがおとぎ話だとは思わない。幸せは選択するものじゃない？　あなたは選ぶのを恐れている」

「きみはまた恐怖について話すつもりか？」

「ええ」マティは簡潔に答えた。

「きみはひどく誤解している。いいか、僕は決してきみとは結婚しない。というより、誰とも結婚しない――絶対に」

なぜ彼が頑《かたく》なに結婚を否定するのか、マティにはわからなかった。だから、自分の中に渦巻く情熱を込めてほほ笑み、彼が最もきかれたくないと思われる単純な質問をした。

「どうして？」

14

その問いかけになぜ心を揺さぶられたのか、ハビエルにはわからなかった。答えは簡単で、以前から出ていることなのに。

マチルダはそんな質問をするべきではない。婚約までしたピエトロとの交際が散々だったことを思い出すだけで、答えはわかるはずなのだから。

だから、結婚しない理由をマチルダに説明する必要はなかった。ハビエル・アラトーレは誰にも自分のことを説明しない。彼はただ行動する。そして、要求し、命令を下すだけだ。

にもかかわらず、ハビエルはマチルダを見つめてまだそこに立っていた。なぜなら、葛藤していたからだ。

彼女に言うべきではない。彼女を締め出すべきだ。

だが、もしマチルダが理解してくれれば、もう押し問答をしないですむかもしれない。

いや、マチルダは諦めないだろう。今、彼女に対して楽観的な展望を抱く余裕はない。僕は二度としないと誓ったことをしてしまったのだから。

ハビエルは状況をコントロールしなければならなかった。なぜなら、彼は多少のつまずきはあっても、決して失敗しない男だから。

「マチルダ、きみは僕がどういう人間か知っているはずだ。なぜ結婚が不可能なのか、説明する必要はない」

マチルダの目には、決意と、彼には理解できない何かが浮かんでいた。だが、彼女の決意にはもろさが見て取れた。それを隠す術《すべ》をまだ持たない彼女が痛ましい。マチルダはもっと強くならなければいけない。もっと自分をコントロールすべきだ。僕にこれ以上傷つけられないよう、もっと堅固な鎧《よろい》を身にまとうべきなのだ。

「でも、私は不可能じゃないと思う。私がユアンの娘であるということだけが理由でないとしても、決して不可能ではないはず。ただ、もし私以外の女性と結婚するなら、そのときは説明が必要よ」

「僕はきみになんの借りもない」

「あなたは借りがなければ何もしないの？」

堂々巡りのような議論に、ハビエルはいらだち、爆発寸前に陥った。だが、彼は自分を見失うことはなかった。もう二度と。

「母が言ったように、僕の父親は怪物だった。父は僕と母を虐待していたんだ――肉体的に」

マチルダの菫色《すみれいろ》の瞳に同情の色が浮かび、みるみる濃くなった。

ハビエルは、同情はもちろん、彼女に何も望んでいた。自分の弱さを見せつけられる思いがするからだ。殴られるのを恐れて部屋の隅にうずくまり、見つからないようにと願う小さな少年のように。時には、母親に身代わりになってほしいとさえ願った。つまるところ、その怪物を伴侶に選んだのは母親なのだから。

そうした思いや記憶が、ハビエルに確信をもたらした。怪物は生物学上つながりのある男だけではなく、自分もまた怪物だったのだ、と。

「そして、科学的にも統計的にも、虐待を受けた子供は、自らが虐待に手を染める可能性が高いことははっきりしている。誰に対しても危険な存在になりうるんだ。しかも、僕は思いのままに女性を引き寄せることができるし、その気になれば子供を産ませることもできる。その結果どうなるかは、神のみぞ知る、だ」

マチルダは理解したかのようにうなずいた。

ハビエルは怒りに駆られた。そして、受け継がれた暴力的な衝動に怯《おび》えた。しかし、それをコントロールする術を習得していたので、誰かに八つ当たりするようなまねはしなかった。

特にマチルダに対しては。

「だが、僕は研究を重ねて自分の内面を見つめ、悪のサイクルを断ち切ろうと決めた。僕の死と共に根絶やしにすると。だから結婚はしない」

マチルダは今度はうなずかなかった。泣きもしなかった。困惑しているように見えた。

「でも、あなたは虐待なんか絶対にしない人よ、ハビエル」

「僕がきみに拳を振るわなかったからといって、本質的に僕が怪物であることに変わりはない」

「あなたは虐待なんかしない」マチルダは繰り返した。

まったく的外れだ、とハビエルは胸の内でつぶやいた。やはり話すべきではなかったのだ。こうなることはわかっていたのだから。

だから、ハビエルは何も言わなかった。しばらくして、彼女はため息をついてかぶりを振ったが、その場を離れようとしなかった。マチルダは彼の聖域である寝室に立ち、そこを芳香と柔らかな声で満たし、昨夜のめくるめく記憶と一緒になって彼の心を曇らせた。

「あなたは研究を重ねたと言っているけれど、誰かと話し合ったことはある？」

「僕は専門家から話を聞いて――」

「いいえ、ハビエル、私がきいているのは、あなたの身に起こったことについて、誰かと話をしたかということ。お母さんとか、友人とか、セラピストとか。そういう人たちと、あなたの原体験について話し合ったことがある？　それとも、自分一人で考えて結論を下しただけなの？」

今すぐ、ハビエルは熱く危険な怒りの潮流に抗《あらが》うために、彼女から離れる必要があった。とはいえ、パニックに近いこの制御不能な怒りを彼女にぶつける可能性は皆無だった。それはユアンから授かったコントロール術の賜物《たまもの》にほかならない。

「僕は最善と思われることをした」ハビエルは自分が役員室で話している光景を想像しながら口を開いた。話している相手はマチルダではないし、場所は彼の寝室でもない。

「それは癒やしにはならないわ、ハビエル」

癒やし？　なぜ僕がそんなものを求めるんだ？

「きみに何がわかるというんだ？　裕福な家に育ち、完璧な父親を持っているきみに」

「父が完璧だったとは思わないけれど、確かにあなたが負ったような大きな傷は私にはない。でも、私の人生が幸福そのものだったかのように言うのはやめて」

「そんなことはどうでもいいんだ、マチルダ。もう僕は決めたんだ。考えを変えるつもりはない。昨夜のことできみに誤解を与えたのであれば、謝るよ」

マチルダは、彼の毛布にくるまってその場に立ち、笑い声をあげた。「ああ、ハビエル、謝るふりなんかしないで。私が何を感じているのかも知らないのに。あなたは自分のことさえわかっていない」

「きみはわかっているのか？」

「ええ、完全にはわかっていないかもしれないけれど」マチルダはそう言って歩を進めたが、彼はじっとしていた。まるで氷山のようだ。ただ冷たい。彼女が温かな手を彼の胸に置いたときでさえ、溶ける気配はなかった。「でも、私はあなたと結婚するし、あなたの世話を焼くつもりよ。そして、私はあなたを決して恐れない」

彼女は深く息を吸いこみ、彼を見つめた。吐息が彼の顔にかかる。

「あなたが怪物だとは思わない。あなたに腹を立てたり、いらだったり、戸惑ったりしたことはあっても、怖いと思ったことは一度もない。あなたが恐れているような方法で、私を傷つけたこともない。それをあなたが信じるのは難しいと思う。でも、私はあなたに受け入れてほしい。自分が善人であることを」

「無理だ」

マチルダは少し悲しそうにうなずいたものの、数年前の彼女とは明らかに違っていた。彼女は強くなっていた。

ピエトロとの一件で心を引き裂かれたマチルダは長い間スコットランドに身を隠し、ハビエルはそれを許した。まずは傷を癒やすのがいちばんだと考えて。だが、事実は違った。彼女と遠く離れていることが、彼にとっては楽だったからだ。その距離が彼女を誘惑したいという衝動を消してくれたのだ。

「この家にいる限り、私の寝室のドアはいつでも開いているわ、ハビエル。そして、私たちが結婚する可能性も決してゼロにはならない」そう言って、マチルダは彼の寝室を出ていった。

彼女の言葉はあまりにも深く、あまりにも長くハビエルの胸に突き刺さっていた。

私はあなたを決して恐れない――戯言《たわごと》だ。彼女はそう信じ続けるだろうが、僕は信じない。

そこで、ハビエルはヴァンス・コナーを夕食に招く手配をした。マチルダの気持ちをヴァンスに向かせ、二人を結婚させるために。

マティは自室に戻った。いろいろな出来事や感情が積み重なり、少し疲れていた。その中には、ようやく男性と体を重ねることができた喜びもあった。

けれど、ハビエルのことを考えると、胸をつかれた。統計に基づく彼の勝手な思いこみのせいで、幸福になるチャンスを阻まれていることへのいらだち。そして、彼が自分自身に対して抱いている恐れ。

しかし、マティは気づいていた。ほかのことと同様、彼の主張は単なる言い訳にすぎない、と。ハビエルは怪物になることを恐れているのではなく、自分は怪物だと信じているのだ。人に手を上げたことがあろうとなかろうと、彼は鏡の中に怪物を、自分を虐待した父親を見ていた。

マティはそれをどう受け止めていいのかわからなかった。彼女はセラピストでもなければ、精神衛生の専門家でもない。トラウマを乗り越えれば、ハビエルが健全な精神状態に戻れるのかどうかも、まったくわからなかった。さらに言えば、二人は理解し合う前にセックスをした。そのことでもつれが生じたことも認めざるをえなかった。

いったいどうしたらいいの？

手がかりさえつかめない。マティはエレナに電話することも考えたが、彼女の息子とセックスをしたことを話さずに相談を持ちかける方法がわからなかった。あまりにデリケートで厄介なことだから。

ああ、誰にも相談できない。マティは悲しくなった。情けないけれど、自分を責めるしかない。この三年間、誰とも縁を切っていたのだから。

シャワーを浴びている間も、マティは落ちこんでいたが、着替えをすませる頃には気を取り直し、別の選択をした。

この三年間、壁にぶつかったり困難に直面したりしたとき、マティは植物と対話することによって乗り越えてきた。しかし、ここでは別の対処法を見つけなければならず、彼女はガーデニングの代わりに、学生時代の旧友に電話をかけ、週の後半にランチを共にする約束をした。

それから、ルイスにだけ予定を伝えて、ハビエルの家を出た。マティは街に行き、散策を楽しんだ。植物園にも足を運び、そこでボランティアの老人と親しくなった。その老人はマティの庭の話に耳を傾け、彼女の好きそうな植物を見せてくれた。

そのあと、一人でこぢんまりとして魅力的なビストロに入り、昼食をとった。風変わりなウエイトレスとおしゃべりを楽しみながら。そして、花束を持ってミセス・フェルナンデスの家に立ち寄り、レモネードをごちそうになり、彼女の孫たちの話を聞いた。

ハビエルとのことを話せる人がいればいいのにと思ったが、今は次善の策でよしとしなくては。私は孤独ではない。こうして何人もの人と話ができるのだから。これこそ、父が望んだことでしょう?

そう思うなり、マティはかつて夏には父とよくしていたように、シウタデラ公園を散歩することにした。そして、歩いているうちに、父のばかげた遺言に対する怒りが薄れていった。ただ、父を恋しく思い、一緒に散歩している父を感じていた。

ハビエルの家に戻ったとき、彼女は生まれ変わったように感じた。もしかしたら、このような楽観主義は長続きしないかもしれないけれど、今しばらくは受け入れようと決めた。

スコットランドの孤立した生活にはもう戻らない。大切なのはバランスだ。どこかでバランスをとらなければならない。ハビエルも同じだ。彼に強要はできないけれど、彼がバランスをとれるよう助けることならできるかもしれない。

自室のドアを開けるやいなや、カルメンが飛んできた。「支度を急がなくては」

「なんのために?」マティは尋ねた。

「ディナーのためよ」

「そんな予定はないはずよ」

「ミスター・アラトーレがお客様をお招きしたので、あなたにも同席するよう求めているの」

マティは息をのんだ。どういうこと? 定かでないが、たぶん私を怒らせるようなことだろう。彼女は拒否しようかと一瞬思ったが、カルメンはすでに見覚えのない服をベッドの上に並べていた。

「どちらか好きなものを選んで」カルメンは胸を張って言った。袖のあるシンプルな黒のドレスと、濃いネイビーの袖なしのドレスを手で示しながら。

マティはネイビーのほうを選び、バスルームで着替えた。誰が選んだのかは知らないが、サイズはぴったりだった。ジュエリー選びと髪型はカルメンに任せたが、化粧は自らすると宣言し、カルメンの不興を買った。そして、最低限のメイクを施した。

「あなたのような目なら、化粧をすればすばらしい武器になるでしょうに」

「私のような目なら、これで充分に武器になるんじゃないかしら」マティは朗らかに返した。ハビエルが誰を招いたかは考えもしなかった。

するとカルメンは彼女を観察しながら首をかしげた。「ミズ・ウィロビー、いつもと違うわね」

「マティよ。何度も言ったでしょう」マティは訂正した。「それで、あなたの言うとおり、確かに私はいつもと違うと感じているの」自信に満ち、誇らしげな態度で階段を下りるほどには。

居間に入るなり、マティはハビエルの隣に立っているのはヴァンスだと気づいた。

ヴァンスは彼女に向き直り、ほほ笑んだ。ハビエルの家で、ハビエルの意向に沿って。なぜそれが不快に感じるのか、マティにはわからなかった。さらに、昨夜の出来事を思うと、ヴァンスの前でどう振る舞えばよいのかもわからなかった。

しかしすぐさま、ばかげている、とマティは思った。ヴァンスとは何度かダンスをし、談笑しただけだ。ハビエルとセックスをしたことに罪悪感を覚えるのはおかしい。

ヴァンスは居間をすばやく横切り、彼女の手を取った。「会えてうれしいよ、マティ」

マティ……。彼は私の要求を聞き入れたのだ。私と距離をおきたがっているハビエルとは違って。

もしかしたら、これは私が注意を払うべきことの一つなのかもしれない。これこそが私に必要なことだったのかもしれない。ヴァンスは努力を惜しまなかった。けれど、ハビエルは……。

ヴァンスは指の関節にキスをした。すてきなキスだったにもかかわらず、マティの視線はハビエルへと移った。すると、彼は首を傾けた。次はきみがヴァンスに応える番だと言わんばかりに。

マティには、ハビエルが設けたこのディナーが心地よいものでないとわかっていた。とりわけ、チャリティ・ガラのときに見かけた美女が部屋に入ってきて、遅れたことを謝りながらハビエルの頬にキスをしたときは。

15

ハビエルは歯を食いしばってイネスのおしゃべりに耐えていた。彼女はダイニングルームの壁に飾られた美術品について延々と話し続けたが、ハビエルはそれよりも、マチルダとヴァンスの様子が気になってしかたがなかった。彼らはテーブルの反対側で熱心に何か話している。

当初の狙いどおりではある。ゆうべマチルダとの間に何があったにせよ、彼女はヴァンスとのひとときを楽しんでいるように見えた。

デザートの間、ハビエルはイネスに集中しようとしたが、無駄な試みだった。イネスが不快感を漂わせているのに気づきながらも、彼の視線はテーブルの向こうにいるカップルに釘《くぎ》づけになっていた。

マチルダがピエトロとつき合っていたあの数年間、社交界の催しで二人と遭遇することがよくあった。彼らが出席するかどうか調べる方法を見つけるまで。

二人と顔を合わせるのがいやだったのは、ユアンに代わる保護者としての自然な反応だと自分に言い聞かせていた。だが、そうではなく、単純な嫉妬だったのだ。

要するに、ハビエルは彼女を求めていた。昔も今も。

地獄に落ちるがいい、ハビエル・アラトーレ！

そして、それを実行に移すために、彼はヴァンスを夕食に招いたのだ。二人の仲が進展するように。

今、ヴァンスがマチルダの耳元で何かささやき、彼女を笑わせた。菫色《すみれいろ》の瞳がほかの男のために輝いているのを見て、ハビエルはヴァンスの完璧な歯をたたき折りたくなった。彼の心は、もともと望む資格のない戦いを求めて猛った。

なぜなら、ハビエルは怪物だからだ。暴力は彼の血そのものだった。自分から切り離せない女性とただ単に話をしたというだけで、その男に戦いを挑むなど、普通の男ならありえない。

マチルダ……ゆうべ僕の体の下でもだえた女……。

こんなにもマチルダをヴァンスと結婚させる方法を見つけなければならない。

彼女のために。彼女自身の安全のために。

「ハビエル?」

ハビエルは目をしばたき、イネスを見た。彼女の口元は、いつもは媚びるような笑みが宿っているのに、今は唇が引き結ばれている。

イネスはこめかみに手を当てて言った。「ちょっと頭痛がするの。悪いけれど、失礼するわ」

イネスを連れ出して車に乗せ、運転手に彼女のア

パートメントまで送るよう指示するのがエチケットだと、ハビエルは知っていた。しかし、ヴァンスとマチルダを二人きりにするのはいやだった。

突然イネスが立ち上がり、椅子が勢いよく後ろに引かれた。ヴァンスとマチルダが会話を中断して何事かと顔を上げる。イネスはナプキンを皿の上に放り投げ、ドア口に向かった。

「ちょっと失礼する」ハビエルは、驚いているマチルダとヴァンスに告げた。

イネスのあとを追いながら、部屋を出る口実ができてよかったと、ハビエルは自分に言い聞かせた。マチルダの赤い髪がヴァンスのまっすぐな白い歯に向かって近づくのを見なくてすむのだから。

とはいえ、イネスの後ろ姿を追って部屋を出た瞬間、二人きりになったら彼らはどうするのだろうと思わずにいられなかった。ヴァンスはマチルダに手を出すだろうか? 彼女はそれを許すだろうか?

息が苦しくなった。マチルダがその美しくみずみずしい口をほかの男の口に押しつけるかもしれないと考えただけで、いたたまれない。彼女の完璧な肌に、ほかの男の手が触れたら……。

怒りが沸騰した。ハビエルは全世界をコントロールすることができたが、こればかりは思うに任せない時限爆弾だった。マチルダはその時限爆弾を爆発させようとしている。許せなかった。

イネスは玄関までは突進したが、すぐには外に出なかった。少しも頭痛に苦しんでいる様子を見せずに、ハビエルに向き直った。彼女の顔は怒り一色に染まっていた。「今夜はいったいなんだったの？」

彼は息を吸い、マチルダから目の前の女性に意識を移そうとした。「カジュアルなディナーだ。招待したときにきみに言ったとおり」

「本当に？　ハビエル、私はあなたの妻になる必要はないけれど、ほかの女性に興味を引かれているあなたのおもちゃになる気はないわ」

「興味を引かれている女性などいない」ハビエルは沈んだ声で応じた。

イネスはせせら笑った。いつもの屈託のない魅惑的な笑いとはかけ離れている。それでも彼女は、優雅な動きでハビエルに近づいた。そしてたくましい胸に手を当て、顎を上げて彼の目を凝視した。「だったらキスをして」

ハビエルは彼女を見下ろした。イネスとキスをするのは初めてではない。共に過ごした時間は充分に楽しかった。「頭痛がするんじゃなかったのか？」

彼女の手が力強い胸から離れ、顔には冷たい怒りが浮かんだ。「車をまわして」玄関のドアを開け、閉める前に言った。「ハビエル、自分の胸の内をのぞいてみることね」

そして、ドアの閉まる大きな音が広い玄関ホールに響き渡った。

　マティはヴァンスと並んで庭園を歩きながら、彼がほかの誰かであることを願っていた。彼がどんなにすてきでも、どんなにハンサムでも、ハビエルへの思いを払拭できなかった。

　食事中ずっと、マティはハビエルの視線を感じていた。彼が見ているのはイネスではない。料理でもない。マティだった。ヴァンスに集中しようと懸命に努力し、時には功を奏したこともあったが、ともすると彼女の意識は昨夜の出来事へと流れていた。

　庭園や芸術について、ヴァンスとはそれなりに会話が弾んだ。数年前なら、それで満足し、幸せだったに違いない。当時、マティがハビエルに感じていたものは、決して心躍るものではなかったから。

　しかし、ここ数日で、ハビエルに対する印象は劇的に変わった。彼女は危険なドラゴンと対峙《たいじ》する必要があった。

「僕はなぜ、ルールを知らないゲームに興じているような気がするのだろう？」ヴァンスが尋ねた。

「ゲームじゃないわ」マティは罪悪感といらだちが入りまじった気持ちでため息をついた。「それがなんなのかはわからないけれど、ゲームでないことは確かよ、ヴァンス」

　どちらからともなく二人は足を止めた。マティは彼を見上げた。ヴァンスはとてもすてきだ。まさに彼女が求めるべき男性だった。にもかかわらず、マティが考えていたのはハビエルのことだった。

「複雑なのは確かだ」彼は穏やかに応じた。「僕は単純なもののほうが好きだ」

「私も以前はそう思っていたわ」

「何が変わったんだ？」

「はっきりとはわからない」マティはその変わった自分をハビエルに受け入れてほしかった。そして、彼が自分には不相応だと考えている優しさのすべてを与えたかった。ただ単純に、彼を求めていたから。それゆえ、ヴァンスとの関係を深めるのはフェアではないと思った。「本当にごめんなさい。これ以上あなたとおつき合いを続けるのは無理みたい」

「わかるよ」ヴァンスは彼女の手を持ち上げ、指の関節にキスをした。「うまくいかなくて残念だが、きみの幸運を祈っているよ、マティ」

「あなたも幸せになって、ヴァンス」

「あのイネスを紹介してくれるかい？」

マティは笑った。「どうしてもというなら、なんとかできるかもしれない。でも、あなたなら、デートの相手くらい、自分で見つけられるはずよ」

ヴァンスはおどけて肩をすくめた。なんてすてきな男性だろう。なのに、マティは彼を求めるふりさえできなかった。「玄関までお送りするわ」

彼は首を横に振った。「いや、結構。さようなら、マティ」

彼女はうなずいた。「さようなら、ヴァンス」

彼が去ったとたん、マティの中でハビエルを求める気持ちが燃え上がった。心身共に彼を欲していた。同時に、彼を助けたかった。ハビエルには明らかに解決しなければならない問題があるのに、彼はそれと向き合うのを拒んでいる。彼が自ら選んだ道は、あまりに悲しすぎる。

マティはベンチを見つけて腰を下ろした。ハビエルに惹《ひ》かれたのは、彼を変えたいという見当違いの欲求によるものなのか、それとも彼のことを大切に思っているからこそ助けたいという素直な気持ちの表れなのだろうか？

もしかしたら、ハビエルは安全で頼りがいがあるから、しがみついているだけなのかもしれない。

暗い庭でマティは自嘲気味に笑った。いいえ、ハビエルは安全だなどと感じたことはない。彼は私に我を忘れさせる。そしていらだたせ、私を別人のよように振る舞わせる。

それらは必ずしも悪いことではなかった。少し前までは、安全でなくなることは命が失われるに等しいと考えて、自分の殻に引きこもった。安全が脅かされかねないことには絶対に挑戦せずに。

今は違う。引きこもったり孤立を求めたりするのはやめた。リスクなくして報酬を得るのは難しいと悟ったのだ。もしハビエルがここに連れてこなかったら、そしてエレナの忠告がなかったら、私はそのことに気づかなかったに違いない。

どんな人にも、長い人生の中で、誰かが現れて何かを教えてくれることがあるのではないかしら？だとしたら、ハビエルに対して私がその役割を演じてもいいはずだ。自分は怪物だという思いこみから、彼を解き放つために。

彼には勇気が必要だ。臆病だと非難されて彼が激怒したことを思い出したとき、声がした。

「ここで何をしているんだ？」

マティは暗闇で目を細くして、ようやくハビエルの輪郭をとらえた。まるで近づくのを恐れているかのように、数メートル先にたたずんでいる。「考え事をしていたの」

「なぜヴァンスは帰ってしまったんだ？」

マティはため息をついた。「彼は愚鈍じゃないわ、ハビエル。イネスと同じく」

「どういう意味だ？」

彼女はベンチから立ち上がり、彼のもとに歩いていった。陰になってその表情はよくわからないが、彼の迷いが感じ取れた。とどまるか、退くか。

ハビエルがどちらを選んでも、どちらの反応も、マティは満足するだろう。なぜなら、彼が彼女に対してどう感じているかを示していたからだ。

そうよ、ハビエルは私を求めている。

「二人とも、私たちがお互いのことしか考えていないいことを知っていた。そうならないよう私たちがどんなに頑張っても」

「僕の頭の中で何が起こっていたのか、わかったような口はきかないでくれ」

マティは笑った。「昨夜のシャワーのことは考えなかったの、ハビエル？　ベッドでの出来事も？　自分はユアンの娘を求めた自分を責めなかった？　自分は実の父親と同じ怪物だと？」

「ヴァンスを血まみれになるまで殴り倒す夢を見ていたよ」ハビエルは暗い声で応じた。残忍な言葉に彼女はショックを受けるに違いないと思いながら。

しかし、マティは平然と返した。「でもハビエル、あなたは彼に指一本触れなかった。彼を傷つけたり、脅したりしなかった。何を考えようと、重要なのはそれを行動に移すかどうかよ」

ハビエルが闇の中で首を横に振るのを見て、マティは手を伸ばせば触れられるところまで近づいた。彼女はハビエルの手と口を求めていた。彼に触れられているときほど、自分が解き放たれたと感じたことはなかったからだ。ありのままの自分になれたと。

マティは彼の胸に手を添え、誰かに言う日が来るとは夢にも思わなかったことを、勇気を振り絞って言った。「あなたが欲しい、ハビエル。私の体に触れるあなたの手が、私を感じさせてくれるあなたが恋しくてたまらない」

「言っただろう、マチルダ。僕がどんな男か」ハビエルはうなった。

そのうなり声で、彼が自分自身と闘っていることにマティは気づいた。彼女と同じく。

どんな衝動も間違いであり、それに屈したら父親と同じ道を歩む羽目になる——ハビエルはそう考え、必死に闘ってきた。強固な自制心を鎧《よろい》として。彼が自分だけの世界に閉じこもっていたのも、庭でさえ整然とした空間にしなければならなかったのも、自分が怪物であることを隠すためだったのだ。けれど、ハビエルは決して怪物ではない。もし怪物だったら、先日オフィスで私を抱きしめたりしなかっただろう。私の資産を預かり、父の意向を汲《く》み、私がスコットランドに逃げて放り出したものすべてを管理することもなかったはずだ。

彼は怪物ではない。ただそのことを彼に悟らせる方法をマティは知らなかった。触れることを除いて。

それは身勝手だったかもしれないが、彼女は気にしなかった。「あなたは自分が怪物だと思っている。だけど、私はそうは思わない。否定するなら、その証拠を見せて」

ハビエルは手を伸ばし、彼女の髪に荒々しく指を絡ませた。「そこまで言うなら、見せてやろう」

「ええ、そうして」マティは受けて立った。

16

マチルダを抱き寄せて唇を奪った瞬間、ハビエルは自分を見失った。あるのは欲望だけ、彼女だけだった。続いてシルクのような髪をつかんで顔を上向かせ、口を首筋に移し、歯を立てた。

そうしてあらゆる束縛を解き放ったものの、なんの問題もないように思えた。マチルダを乱暴に扱ったことも、自制心を失って自暴自棄になったことも。彼女は彼を止めたり押しのけたりせず、抗議の声さえあげなかった。それどころかハビエルをあおった。キスを返し、彼にしがみついて爪を立てて、彼に懇願した。露骨に、なりふりかまわず。

もはやハビエルは自分たちが外にいることさえ気

にしなかった。ドレスのスカートをめくり上げ、下着を引き下ろす。そしてそのままベンチに移動して腰を下ろし、マチルダを膝の上にのせるやいなや、彼女の中に我が身を突き立てた。彼女はいとも簡単に、完璧にハビエルを受け入れた。

ハビエルは彼女のドレスの上部を押し下げ、胸のふくらみを解放した。布地が裂ける音が聞こえたが、懇願する彼女の声にかき消されて気にならなかった。馬乗りになったマチルダを、彼は貪った。激しく、荒々しく。月明かりに照らされた彼女の肌は真珠のようにきらきら輝いている。喜悦の表情が顔全体に広がり、やがて彼女は彼の名を叫びながら砕け散り、彼にしがみついた。

彼女が頬を紅潮させ、ハビエルを見つめたとき、わずかに残っていた分別が、すぐさま逃げろとささやいた。しかし、マチルダが彼の体に全身を押しつけ、満足そうなうめき声をあげると、最後の分別も砕け散った。

「もっと……もっと」マチルダがねだると、ハビエルはすぐさま彼女の腰をつかみ、再び彼女の中に我が身を突き立てた。「ハビエル、今度は我慢しないで、私にちょうだい……あなたのすべてを」

その瞬間、ハビエルは自分を縛っていたすべての考えや信念から解き放たれた。今や残っているのはマチルダに対する欲望だけだった。そしてついにそのときが訪れ、彼は身を震わせて自らを解き放った。

しばらくして、呼吸が、心が、正気が戻るにつれ、空気がゆっくりと冷えていくのを感じながら、ハビエルは彼女から離れた。

これでもう取り返しがつかない。マチルダがすべてを台なしにしてしまった……。

「よかったわ」彼女はそう言って立ち上がり、ドレスを元に戻そうとしたが、ボディスは裂けていた。髪は直しようがないほど乱れている。誰が見ても、彼女の身に何が起きたかは明らかだ。

ああ、僕はドレスを引き裂き、マチルダを乱暴に扱ってしまった……。彼女が僕を混乱させ、何年もかけて築きあげた壁を打ち崩したからだ。だが、ここまでだ。壁が崩れ落ちようとも、その壁を乗り越えさせはしない。「マチルダ、きみは去らなければならない」なぜ彼女はわからなかったのだろう、こんなことをしたら、すべてが台なしになると？

「ここを去ってどこに行けばいいの？　スコットランドに戻るの？」

「ヴァンスに会い、謝るんだ。彼はいいやつだ。悪《あ》しきところは何一つ見つからなかった」

「でも、私が欲しいのはあなたなの」

こんなふうに胸を真っ二つに引き裂かれるような感覚に襲われたのは初めてだった。それは痛みであり、そして……憧れだった。ハビエルもまた、欲しいのはマチルダだけだった。

だが、それは狂気の沙汰だ。ありえない。

「きみは間違っている」ハビエルは精いっぱい冷ややかに言った。

マチルダは笑った。「私が一緒にいたいと思うのはあなただけだし、体を許したのもあなただけよ、ハビエル」

「ばかな」ハビエルの顔がゆがんだ。「きみは何年もピエトロと一緒にいたじゃないか」

「でも、キス以上のことはしていない。彼は私を抱こうとはしなかった。結婚するまで待つと言って」

ハビエルは激しいショックに見舞われた。戦場で銃弾に倒れた兵士のように、今にも死にそうだった。

信じられない。あまりにも多くのことがハビエルの脳裏に押し寄せた。シャワー室での最初のセックスで抱いた違和感、彼に触れるときの不慣れなしぐさ……。彼はそれらすべてを無視してきた。なぜなら、マチルダがバージンのはずはないと思いこんでいたからだ。ピエトロとのことを考えれば。

だが、彼女は否定した。僕は彼女のバージンを奪い、汚してしまったのだ。

この怪物め！

「きみが出ていかないのなら、僕が出ていく」

「ハビエル……」

マチルダの呼びかけを無視して、彼は家に向かって歩き始めた。

マティは庭のベンチにしばらく座っていた。立ち上がろうと思ったときには、体がひどく震えていた。何が起こったのか理解できず、どうすればいいのかもわからなかった。

ハビエルは逃げた。臆病だったからではない。恐怖に駆られて逃げたのだ。まるでマティがある種の脅威であるかのように。彼は心を刺し貫かれたと思ったかもしれないが、マティは、彼がすでに知っていると思っていたことを話しただけだった。

正直なところ、なぜそれがハビエルを追いつめたのか、マティにはわからなかった。ピエトロやほかの誰かとセックスをしたことがあろうとなかろうと、たいした問題ではないと思っていた。

「男だから？」彼女はつぶやいた。それしか説明がつかない。

自分がどう感じているのかもよくわからないまま、マティは家に戻った。ひたすら悲しかった。

ハビエルは逃げた。少年のように。マティは彼を傷つけたくなかった。二人がしたことでも、彼女が言ったことでも。

自室に入っても、破れたドレスを脱ごうともせず、マティはベッドに座って気持ちを整理しようとした。

彼女の心の一部はスコットランドに飛んでいた。植物の世話に没頭して我を忘れ、この問題から逃れたかった。それは魅力的で安全な選択に思えた。

しかし、マティは変わった。孤立と安全を切望しながらも、それを選んでもなんの解決にもならないと知っていた。ハビエルは彼女にとってもはや無視できる存在ではないのだ。二人の間にどんな問題があろうと、マティは解決したかった。

ハビエルはここから立ち去れと言った。従うべきだろうか？　ヴァンスに寄り添うつもりはない。だけど、ハビエルが望むのであれば、距離をおいてもいい。彼が自らすべてを解決するまで。

それは、ハビエルが数年前にマティにしてくれたことだった。それが最も健全な選択ではなかったと知りながらも、彼女は感謝していた。父の望みを叶《かな》えたいと強く願い、自分をスペインに連れ帰ってくれたことに感謝していたのと同じく。

時間が癒やしてくれる場合もある。時には、待ち受ける変化や成熟に備えるために時間が必要なこともある。けれど、マティはハビエルに時間を与えたくなかった。それが身勝手だと彼女はわかっていた。わからなかったのは、何が正しい選択なのかということだった。

もしかしたらエレナなら知っているかもしれない。そう思い、マティはすぐに電話をかけた。そして、相談に乗ってもらうのに必要なことを話した。ハビエルに対して恋愛感情が芽生えたことや、彼がいろいろな面で根拠のない不安を抱いていることを。ただし、彼とベッドを共にしたことや、彼が自分は怪物だと思っていることは話さなかった。

「彼は私に出ていくよう迫ったけれど、私は出ていきたくない。出ていったら、彼が不幸になると知っているから」

「息子は今、壁にぶつかり、選択を迫られているの。彼は変わるべきよ。ここが正念場。成長するか、いっそう閉じこもるか。だから、あなたはじっとしていることよ」エレナは諭した。「彼はあなたが出ていくのを期待するでしょうが、応じてはだめ」

「じゃあ、どうすればいいの？」

「あなたはハビエルを愛しているの、マティ？」

その声にこもる優しさは、なぜかハビエルに向けられたもののように感じられた。マティはエレナにも、ハビエルにも、そして自分の心の中でも、〝愛〟という言葉を使わないように気をつけていた。

けれど今、その言葉はすでに心の中に浮かんでいた。それはマティが無視したかったもう一つの恐怖だった。彼女はまだ愛を恐れていた。ピエトロを愛していると思いこんでだまされたことがトラウマになっていたからだ。

「あなたが私の父と一緒にいて幸せだったことは知っている。父はあなたをとても愛していた。でも、ハビエルはあなたが父を愛していたとは思っていないの。それって本当なの？」

「もちろん違うわ」エレナは即答した。「ハビエルは、私が自分自身に対して抱いていた不安を、あなたのお父さんを愛することへの不安だと見なしたの。その二つを混同していると察した私は彼に説明しようとしたのだけれど、耳を貸してくれなかった」

まだ幼かったマティは、ユアンとエレナの仲について考えたことなどなかった。少なくともハビエルのようには。

「ユアンは、私が自分自身を愛せないときでも、私を愛し、忍耐強く接してくれた。ああ、マティ、ハビエルのことを愛しているなら、どうか辛抱強く待ってやってちょうだい。彼にはそれが必要なの」

そのとき、マティは気づいた。先ほどの質問に答えるようエレナが強要していないことに。それだけに、本来は真っ先にハビエルに伝えるべきことを、今このときエレナに話す義務があるように感じた。

「エレナ、私はハビエルを愛しています」マティは声を震わせながら言った。父ほど辛抱強くなれないかもしれないという不安はあるが、精いっぱい努力するつもりだった。なぜなら、欠点を含めてハビエルのすべてを愛していたから。

「それなら、あなたがハビエルに与えるものは、愛よ。彼を支配したり変えたりすることはできない。でも、あなたがハビエルの要求を拒否して彼のそばに居続ければ、彼も自分自身と向き合える安全な場所を見つけられるかもしれない」

「それでも彼が拒んだら？」

「どこまで待てるか、その愛の深さを決めるのはあなたよ、マティ。ハビエルのために何かを決めることはできない。あなたのためだけに決めなさい」

その言葉をマティは一晩中、そしてハビエルが見つからなかった翌日もずっと考えていた。ハビエルは出かけてしばらく戻らないとスタッフから聞いたとき、彼女は多くの選択を迫られていることに気づいた。自分のための選択を。

17

ハビエルは去った。家からだけでなく、バルセロナからも。マチルダが素直に従って出ていったにせよ、意地を張ってとどまったにせよ、もう家にはいられなかった。彼女がすべてを台なしにしたからには。

彼はルイスにフライトの予約を頼んだ。まずロンドンに飛び、WBのオフィスで仕事に没頭するつもりで。だが、無駄だった。集中力が続かず、ミスを重ねた。

何もかもマチルダのせいだ。

別のWBのオフィスに行くことも考えたが、仕事が手につかないことはわかっていた。カプリ島の別荘に行くこともできるが、そこで何をするんだ？

結局、ハビエルはスペインに戻った。バルセロナではなく、彼の母親が住んでいるバレンシアのビーチハウスに。

母はもっと大きな家に住み、多くのスタッフに囲まれて暮らすのも可能だった。ユアンの富の多くは娘のマチルダに渡ったものの、彼はハビエルと母親が生活に困らないよう考えてくれていた。ハビエルはユアンから贈られた株式や金をもとに、自分の企業帝国を築いたのだ。

母親は現状に満足しているようだった。こぢんまりとして、芸術的で、海沿いの居心地のいい場所を求めていたのだ。

タクシーがビーチハウスの前で止まると、ハビエルは運転手に金を払い、車を降りた。夜気は暖かく、波音が聞こえてくる。彼は前庭に立ち、闇の中でその居心地のよさそうな家を眺めた。ところどころに明かりがともり、風鈴が快い音をたてている。彼はできる限りここを訪れるのを避けてきた。母親が会いたいと言えば、あの手この手を使ってバルセロナに来るよう仕向けた。

なぜだ？　僕はなぜ母を自分の家に来させようとしたんだ？　そして、なぜ僕の家に対する母の不満を理解できるようになったのだろう。

広すぎる、寒すぎる、霊廟《れいびょう》のようだ……。

これもマチルダの影響だ。彼女は、僕が正しいと思っていたことはすべて間違いだったと感じさせる。とりわけ、庭園に関しては。マチルダは僕の家の庭園に命を吹きこんだ。

ハビエルは玄関ドアに近づき、ノックした。マチルダとのことで母に助けを請わなくてはならない。マチルダと話してもらい、彼女が僕にしていることがなんであれ、それをやめさせてもらわなくては。僕には手に負えないが、母ならできるに違いない。

ドアが開き、ハビエルを認めるなり、エレナは息をのんだ。誰かを同伴していると思ったのか、彼の背後を見やり、それから視線を彼に戻した。「ハビエル、ここで何をしているの？」

その瞬間、ハビエルは何もかも忘れ、途方に暮れた。子供に戻ったように。

あの怪物から逃れてようやく平和が訪れたとき、彼はそれを持て余した。そのため街に出て、自ら戦いを求めた。ユアンに会うまでは。

「どこに行けばいいのかわからなかった」ハビエルはぼそっと答えた。事実だった。どこへ行けばいいのか、どうすればいいのか、自分の中にある恐ろしい痛みを解消する方法がわからなかった。

エレナは眉根を寄せて息子を中に引き入れ、キッチンにいざなった。そこはマドリードのスラム街にあった家のキッチンよりはるかに広かった。喧嘩《けんか》のあと、血だらけで帰ってきた家のキッチンより。

当時と同じようにエレナはスペイン語で彼に話しかけ、お茶の準備をしながら、励ましと愛情のこもった言葉をかけた。彼女はあの頃、息子の傷の手当てをし、そして諭したものだった。悪いところではなく、よいところを見つけるように、と。

エレナは、息子がより大きく、よりよいことを成し遂げることに無限の希望を抱いている。そんな希望は打ち砕かなければならない。それしか生き残る道はないのだから。

「母さん、僕の十三歳の誕生日を覚えている？」

エレナはお茶をいれる手を止め、姿勢を正して彼に向き直った。母はやっぱり覚えているのだ、とハビエルは察した。

「あのときのことをマチルダに説明してほしいんだ。彼女は僕の話を聞こうとしないから」

母親の顔に困惑の色が浮かんだ。「何を説明しろというの？」

「僕という人間について」

「ハビエル、息子《ミホ》よ、私にはわからない」

エレナは二つのマグカップを手にしてテーブルに戻り、一つをハビエルの前に置き、向かいに座った。彼は香りを嗅いだだけで、それがユアンのお気に入りのブレンドだとわかった。

おなじみの喪失感に襲われたが、この瞬間、それはあまりにも耐えがたいものだった。だから、それを打ち消すために、いちばん思い出したくない日のことをあえて思い浮かべた。

「僕の十三歳の誕生日、母さんは何かにつまずいて、ケーキを落とした。彼がだめだと言ったのに、母さんがつくったケーキを。僕はバースデーケーキを食べることさえできなくなったことに無性に腹が立ち、母さんを……殴ろうとした」

「あなたは私を殴っていないわ」エレナは言い返した。夫は間違っていないと主張するときと同じ激しさで。

なぜなら、彼と僕は同類だったから。かつて夫をかばったように、母は僕をかばっている。「僕は母さんに向かって手を振りかざした。母さんは僕が何をしようとしているのかわかっていた。僕の本性を見抜いていた」

「あなたはそう思っているのね？」

「思っているんじゃなく、知っているんだ」

あのとき、ハビエルは母親の目に恐怖を見て取った。そのとき初めて、彼は自分が父親の邪悪なものを受け継いでいると悟ったのだ。

「ハビエル、私はあなたのことを怖いとは少しも思わなかった」エレナは心からそう言った。

それは間違いだ、とハビエルは思った。記憶違い、あるいは嘘《うそ》か何かだ、と。

「あなたが本当に殴るとも思わなかった。私は虐待を受けて生きてきた。父親に殴られ、あなたのお父さんに殴られた。そのせいで、それが普通だと思っていた。そして学んだの、彼らは正しいのだと」

自分の父親にも殴られたことをエレナが話したのはこれが初めてだった。皮肉にも、それはハビエルの考えが正しいことを裏づける結果になった。虐待は連鎖するという考えを。そして、母は逃げ出した。虐待の連鎖を断ち切るには、自分自身をそこから切り離すしかなかったからだ。

そのことを母の口からマティに説明してほしいとハビエルは切望した。

エレナは身を乗り出し、テーブルの上に置かれた彼の握りこぶしを両手で包んだ。「あなたが幼い頃、お父さんは私を殴るだけだった。でも、あなたが大きくなるにつれて、お父さんの暴力はあなたに向かった。なのに、諦めが先に立ち、私は止めなかった。その結果、私は罪悪感という重荷を背負って生きる羽目になった。でも、セラピーのおかげで、自分に恵みを与えることを学んだ。ユアンはその恵みの一部だったの」

立ち上がろうとしたハビエルを、エレナは手をぎゅっと握りしめて制した。

「あの日、まだ子供のあなたが私に手を振りかざしたとき、私は目を覚まされた。ハビエル、今あなたが何を考えているかは知らない。でも、あなたが自分のことを怪物だと考えているとしたら、それは違うわ、ハビエル」

彼の顔がゆがんだ。「なぜそう言えるんだ?」

「あなたが葛藤している姿を見たからよ。あなたは実際に行動に移したわけでもない行為に恐怖を感じた。それは十三歳のあなたが自分の衝動をコントロールしたことを意味している。あなたの父親ができなかったことを。私の父もまた、自制とは無縁だったし、怒鳴りさえしなかった。あなたは違う。暴力を振るわなかった」

母さんは間違っている、とハビエルは言いたかった。僕が母を殴ろうとしたのは、汚れた血のせいだ。僕は逃れられない虐待の連鎖の中にいる。

しかし、ハビエルはその瞬間をよく覚えていた。心の中にある感情のざわつきを。嫌悪感と恐怖を。母を殴りたくなかったのに、激しい怒りに対処する方法が暴力以外に見つからなかったのだ。

実の母親を殴ろうとした以上、たとえその衝動を抑えたとしても、僕の中に怪物が潜んでいる可能性はある。

彼はそう確信していた。母親が言葉を継ぐまでは。

「あなたを連れ出さなければならないと思ったの。出ていかなくてはと。身体的虐待が少年に何をもたらすか、そのときはまだ理解できなかった。でも、あなたが手を振りかざした瞬間、私たち夫婦があなたに与えていた精神的な虐待を理解した。そしてそのあとの半年間、脱出の計画を練った。だから私は、あの瞬間のことをはっきりと覚えている。私たちを救ったターニングポイントとして。あなたが救ってくれたのよ、ハビエル」

「脱出を計画したのは母さんだ」ハビエルはそのことで母親を評価したことはなかった。

なぜなら、あまりに遅すぎたからだ。すでに僕は虐待の連鎖に組みこまれ、僕の未来に影響を及ぼすのは確実だった。母はそれを理解していない。

「ハビエル、マティとのことは…… いったいどうなっているの？　彼女はあなたのことで何を聞いて、何を聞いていないの？　あなたはマティにとって立派な後見人だった。彼女がスコットランドを離れることを喜ばなかったのは知っているけれど、結果的には彼女にとってよかったと思う」エレナは彼の手を握ったまま続けた。「ハビエル、あなたは彼女にとってかけがえのない人だったと思う」

それが決定打となった。ハビエルは母親の手からそっと手を引き抜いて立ち上がった。そして早足で歩き始めた。マチルダが母親に何か話したのは明らかだ。そして、今こそ二人は話し合う必要がある。

「ユアンは娘の伴侶として僕を求めてはいなかった。このままでは彼に顔向けができない。正気の沙汰じゃない」

「いいえ、それこそユアンが望んでいたことだと思わない、二人のために?」

ハビエルは息を凝らし、たっぷり一分ほど母親を見つめ続けた。「まさか。そんなことはありえない――絶対に」

「本当にそう思う?」エレナはお茶をすすりながら言った。「ユアンの遺言によると、マティは二十五歳になるまでに誰かと結婚しないといけないことになっていて、もし結婚しなかったら、あなたが彼女と結婚しなければならないのよね?」

「ああ。しかし――」

「〝しかし〟は無用よ。なぜならユアンは、あなたたち二人が充分な年齢になってからお互いを求めたら、どんなにすばらしいかといつも考えていたから。だから、マティが二十五歳までにあなた以外の誰かと結婚することをユアンが望んでいたとは思えない。そんなふうに遺言書が使われるのはユアンの本意ではないはずよ」

ハビエルは大きくかぶりを振った。「だとしたら、ユアンは僕が何者か知らなかったのだろう」

「いいえ、あの人はあなたのすべてを知っていた。そして心からあなたを愛していた。そのことはあなたもわかっていたはず。そうでなければ、彼の遺言を、望みをこれほど忠実に守ろうとはしないでしょう。あなたのことを怪物だと思いこんでいるのはあなただけよ。マティの夫として自分はふさわしくないと考えているのもあなただけ」

「いや、違う」

沈黙が落ち、ハビエルは自分の考えを母親がようやく受け入れたのだと思った。だが、ほどなくエレナは口を開いた。

「なぜ私がユアンとの結婚に同意するのに時間がかかったかわかる?」

出し抜けに問われ、ハビエルは戸惑った。「母さんとユアンは友人だった。そして母さんは金を必要としていた。僕によりよい未来を授けるために。つまり、友情が発展して便宜的な結婚に結びついたんだ」

エレナは笑った。「ミホ、本当にあなたは自分がつくりだしたフィクションにどっぷりつかっているのね。私はあの人を心から愛していたし、彼も私を愛してくれた。ただ、私は怖かったの。トラウマを克服するのに時間がかかった。もっと早く克服していれば、それだけ長く彼と一緒に過ごせたのに」

母の言葉に触発され、ハビエルの脳裏に、ある記憶がよみがえった。エレナが部屋に入ってきたときに見せるユアンの表情を。満面に笑みをたたえていかにも幸せそうな様子を。

その表情はマチルダを思い出させた。あの東屋《あずまや》の下でハビエルを見たときのまなざしや、かつてユアンのものだったオフィスで、十六歳の誕生日に贈られたネックレスの話をしたときの彼女の面立ちを。

エレナは懇願するように息子の手を取った。「私の過ちを繰り返さないで。自分はマティにふさわしくないと思いこんで、愛に抵抗しないで。癒やしを求めることに抵抗しないで。時間を無駄にしないで、ハビエル。私は多くの時間を無駄にしたけれど、彼と愛し合って過ごした数年間は至福の時だった。マティに思いを寄せているのなら、それに向き合わなければならない。私やあなたの過去も、ユアンの遺言も関係ない。あなたの心がすべてよ」

「僕には心がない」

「私もかつてそう思ったことがあるけれど、そんな思いはもう燃えつきて灰になったわ。私は十三年間、あなたを裏切ってきた。そんな私が愛に値するわけがないと思っていたけれど、間違っていた。あなたも同じじよ、ハビエル」

反論したかったが、胸の痛みのせいでできなかった。柔らかくて傷つぎやすい、異質なものが悲鳴をあげている。できるものなら、ハビエルは幼い頃から身につけていた鎧《よろい》でそれを覆いたかったが、それもできなかった。

そして大きな恐怖がまだ胸に居座っていた。「もし僕がマチルダを傷つけてしまったら?」

「傷つけるでしょう、あなたには予測できない方法で。どんなにコントロールしても、私たち人間は傷つけ合う場合がある。重要なのは、謝罪し、許し合うことよ、ハビエル。あなたは厳しい人だけれど、残酷ではない。あなた自身がどう思おうと」

「母さんは知らないんだ」

「あなたは私の息子よ。知らないわけがないでしょう」

母がこんなにも確信を持って話すのを聞いたのはこれが初めてだった。ユアンとの結婚の誓いを除いては。母はユアンを愛していた。便宜的な結婚ではなかったのだ。

そのことをどう受け止めるべきかハビエルにはわからなかった。自分が何者なのかさえも。

だが、彼は選択できた。制御できた。そうであれば、怪物にならないという選択もできるはずだ。

もしユアンが、母が、マチルダが、僕の中の怪物に気づかないのなら、それほど怖がる必要はないのかもしれない。

18

マティはハビエルの家にとどまっていた。彼が不在の間ずっと、自分の人生をどうしたいか考えていた。スコットランドのコテージや庭や実験を愛していたが、それは〝暮らし〟とは言えなかった。あえて言うなら、休暇だろうか。もっとも、彼女にとっては必要な時間だった。

農村安全連合のボランティア研修に出かけたりもしたが、マティが何より精を出したのは庭づくりだった。トレリスやベンチを注文し、アンドレスと新たな植物の調達について話し合った。この先どうなろうと、マティはこの庭に自分の足跡を残したいと思っていた。そして、バルセロナで自分の居場所を見つけてこの家を去ろうと考えるたび、エレナの言葉を思い出した。

〝その愛の深さを決めるのはあなたよ。マティ。ハビエルのために何かを決めることはできない。あなたのためだけに決めなさい〟

この家を去るという選択は自分のためではない、とマティは思った。彼のためだ。

彼ときっぱり別れようと考えるとき、その目的は彼を解放するためであると同時に彼を罰するためだとわかっていたが、彼と別れるという選択肢はマティの望むところではなかった。

ハビエルが姿を消してから三日後、マティが土や植物、新しいトレリスに夢中になっていたとき、足音が聞こえてきた。すぐには振り向かなかった。期待したくなかったし、もし来たのが期待どおりハビエルだったとしても、自制心を保ちたかった。

胸のどきどきが落ち着いたところで、マティはようやく肩越しに振り返った。「戻ってきたのね」

ハビエルは無言で、ただそこに立っていた。マティは顔を戻し、作業を再開した。自分から歩み寄ったら、彼に主導権を握られてしまう。

ハビエルの沈黙をよそに、マティは数分間、鼻歌を歌いながら作業を続けた。

「それが、きみが植えようと考えていたクレマチスか？」挨拶代わりに彼が尋ねた。

マティは手を止め、彼を見上げた。今のはある種の和解の申し出だったの？　ここで夕食をとった夜、私が口にした植物の名前を思い出すことで？

ハビエルは大きく息を吸い、ゆっくりと吐き出した。彼の視線は獰猛《どうもう》で、両手は拳を握っているが、全身から放たれるものの中にはマティの落ち着きを奪う何かがあった。「マティ、話がある」

背筋を衝撃が走った。驚きとうれしさがこみ上げたものの、マティはすぐに抑えこもうとした。彼が私を愛称で呼んだからといって、何か意味があるわけではない。そうでしょう？　どきどきしながら彼女は向き直った。「何について？」

「母を訪ねてきた」

マティは顔をしかめた。「ほとんど足を向けないバレンシアに？」

彼はうなずいた。「最初は行くつもりはなかった。ロンドンに行って仕事をしたんだが、集中できず、それで母に会いに行った。母に、僕はきみにはふさわしくないと認めてもらい、そのことをきみに諭してもらいたいと思って」

マティは鼻を鳴らした。「あなたってどうしようもない人ね、ハビエル」

「そのとおり。母は正反対のことをした」

マティは目を見開いた。正反対のことって、何？

ハビエルは一歩前に進み、彼女との距離を縮めた。彼の黒い瞳は、マティにはよく読み取れない何かで輝いていた。そして、彼らしくない優しさで彼女の手を取った。「きみのこととなると、僕は自分をコントロールできなくなる。体だけの関係でいたかったのに、身も心もきみのとりこになった。今まで幽霊に取りつかれたことも、毒を盛られたこともないのに」

「私は幽霊なの？　毒なの？　ひどいわ」

彼は含み笑いのような声をもらした。

「成人して以降、すべてをコントロールしてきた。ユアンの死ときみへの思いを除いて。何年か前、きみがピエトロのプロポーズを受け入れたと聞いて、僕は突然、ピエトロと代わりたいと思った」

その告白がマティの中でぬくもりとなって息づき、胸に希望の火がともった。

「だが、どうすればいいかわからなかった。そんなふうに思うのは間違いだと自分に言い聞かせた。僕はきみの後見人で、きみの将来と安全をユアンに託されていたから。たとえ僕が善人であったとしても、僕にはきみに対してなんの権利もなかった」

マティは片方の手のひらを彼の顔にあてがった。「ハビエル、私はあなたを怪物だと思ったことは一度もない。完璧ではないかもしれないけれど、この世に完璧な人なんていると思う？」

彼の視線はいつものように暗く獰猛だったが、これまで見たことのない輝きがあった。「きみがほかの男と結婚するなど耐えられない。今も半年後も」

マティは顔をほころばせた。「じゃあ、私と結婚するしかないわね」

「ユアンの遺言を見直すこともできる。きみが望むなら、スコットランドに戻っても法的な問題はない。僕はきみを拘束するつもりはない。ただただ、きみに幸せになってほしい」

「いいえ、私はそんなことは望んでいない。あなたと結婚できたら、それ以上の幸せはないわ」

ハビエルの唇が引き結ばれた。「本当に僕と結婚してくれるのか？」

「私は大人になってからずっとあなたのことを見てきた。そして、あなたが私の中に呼び覚ます感情を恐れて過ごしてきた。でも、もうそれを隠したりしないし、逃げたりもしない。私はあなたがどんな男性か知っているし、あなたも私がどんな女性か知っている。私たちはそれぞれ問題を抱えているけれど、きっと解決できる」

ハビエルは彼女の顔を両手で包んだ。マティを見つめる彼の目には畏敬の念が浮かんでいる。完璧だと彼女は思った。すべての瞬間がマティをここに導いてくれたかのように。彼女の居場所に。

「そう言えば、きみのお父さんはこうなることを望んでいたかもしれないと母は言っていた」

たちまちマティの心のすべてが冷たくなった。ハビエルはそれが父の望みだとエレナから聞いて、ここにやってきて、告白したの？　胸がつぶれる思いで、彼女はハビエルの手から逃れた。これはすべては父のためだったのだ。私はなんて愚かなのだろう。

「どうかしたか、マティ？」

彼女は一歩下がった。適切な言葉が見つからず、逃げ出したくなった。スコットランドに帰れば、この恐ろしい胸の痛みが薄れるかもしれない。けれど、マティはもう逃げ出すような女ではなかった。顎をぐいと上げ、彼の視線を受け止める。

「父が祝福してくれるなら、それでいいわけ？　私を愛したり、気にかけたりしなくてもいいの？　父の望みを叶《かな》えさえすれば？　私は父を幸せにするためにあなたと結婚するんじゃないわ」

彼女はあふれる涙もそのままに、ハビエルから離れて猛然と走りだした。そして、荷造りをするために家の中に入ったところで、彼の声が追ってきた。

「違うんだ、マティ。僕たち二人が幸せになるために、きみと結婚するんだ。ユアンのためじゃない」

マティは足を止めた。今のは本当にハビエルが言ったの？　心臓がばくばくし、涙が頬を伝う。

「愛している、マティ。ずっときみを愛していた」

彼女は涙に濡《ぬ》れた顔をハビエルのほうに向けた。

「僕がきみに感じていることや、僕たちの人生をどうしたいかは、きみのお父さんとはなんの関係もない。だが、彼が認めていたかもしれないことを知ることは、僕にとって大きな意味があるんだ。きみのお父さんは実父による虐待のトラウマに苦しんでいた僕にとって、北極星のような存在だった。いつも正しい道へと導いてくれた。僕みたいな男を」

「卑下するのはやめて」マティはぴしゃりと言った。

「僕は自分が善人だとは思わないが、きみにふさわしい人間になれるよう努力する。母によれば、ユアンの望みを叶えることもその一部なんだ。もしそのことがきみを傷つけたのなら、すまない」

めったに謝罪の言葉を口にしない彼だけに、マティにはその言葉が誠実そのものに聞こえた。そのとたん、この数週間、胸に居座っていた恐れが消えた。ハビエルが私を欲しがるのは亡き父を喜ばせるためだけなのではないかという恐れが。

「そんなことはないわ。私が心配したのは、あなたが愛してくれないかもしれないということだった」

ハビエルはうなずいた。「毎日、きみに言葉と態度で愛を示すよう努力する。マティ、僕を愛してほしい。そして結婚して――」

マティは身を乗り出し、キスで彼の言葉を遮った。そして、初めてその言葉を口にした。「愛してるわ、ハビエル！　あなたと結婚したい！」

彼の笑い声が、彼女の中で喜びの鐘を打ち鳴らした。最高の幸せを見つけたことを告げるかのように。

それからハビエルは彼女を腕に抱きかかえ、自分の――自分たちの部屋に連れていった。

エピローグ

すぐに結婚しようと二人が合意したことは、結果的に望ましいことだった。というのも、マティは妊娠していることに気づいたからだ。体を重ねた最初の数回、情熱が先走り、二人は予防措置を何一つ講じていなかった。

結婚式は来月に決まり、すべては順調だった。

しかし、マティはハビエルが今、子供についてどう考えているのかわからなかった。家族が増えることに有頂天になる一方で、少し緊張してもいた。ハビエルに話す前に念のため医者に診てもらうこともできただろうが、マチルダ・ウィロビー――まもなくマティ・アラトーレとなる彼女は、臆病者ではなかった。

マティは書斎に入り、パソコンに向かって顔をしかめているハビエルを見つけた。

「ちょっと待ってくれ、親愛なる人《カリーニョ》」

彼女は緊張しながら待った。そして、そのときが来た。「ハビエル、私たちは最初の数回、なんの予防措置も講じなかった。覚えている？」

彼はマティをじっと見つめた。「何を言っているんだ？」

「予定より少し早いけれど、家族を持つことについて話し合いたいの」マティは以前からそれが自分の目標だとはっきり言っていたが、彼はほとんど何も言っていなかった。

「マティ……」ハビエルはデスクをまわって彼女に近づいた。そして、愛を告白したあの日と同じように、彼女の手を握った。「マティ」彼は繰り返した。「医師の診断を仰ぐ必要があるけれど、検査キットでは陽性だったわ」

ハビエルは何も言わなかったが、打ちひしがれているようには見えない。何か言う前に自分の感情を整理しているようだった。

「すぐに実感は湧かないでしょうから、無理に喜ぶ必要はないわ。葛藤があって当然だもの」

彼は首を横に振ったが、何を否定しているのかマティにはわからなかった。

「マチルダ、約束してくれ。もし僕が……」

ハビエルの言葉は途切れたが、彼女は彼が言わんとすることを理解した。彼は例の〝連鎖〟のことを心配しているのだ。

「ハビエル、あなたの心配はわかるけれど、それは杞憂《きゆう》というものよ。あなたはすばらしい父親になる。父親としてベストを尽くすでしょう」

「ああ、いい手本があるからね」

マティは、父親がこの場にいないことを悲しく思わないよう努めながら、うなずいた。

ハビエルは彼女を引き寄せ、髪を撫《な》でながら頬にキスをした。

「僕は長い間、きみを愛してきた。それでも、きみが僕の抱える問題をすべて解決してくれるとは夢にも思わなかった。きみが僕の未来を開いてくれるなんて……」ハビエルは彼女のまだ平らなおなかに手を置き、不安そうにしながらも、その顔には喜びと畏敬の念が見て取れた。

「愛に長すぎるなんていうことはないのよ、ハビエル」マティは二人を結ぶ絆《きずな》、二人を結びつけ、未来へとつなぐ糸をしっかりと感じながら言った。

二人の間には、何があろうとも、愛とぬくもりと笑いにあふれた家族をつくるという固い約束が、確かにあった。

ハーレクイン®

無垢な義妹の花婿探し
2024年7月5日発行

著　　者	ロレイン・ホール
訳　　者	悠木美桜（ゆうき　みお）
発 行 人	鈴木幸辰
発 行 所	株式会社ハーパーコリンズ・ジャパン 東京都千代田区大手町 1-5-1 電話 04-2951-2000（注文） 0570-008091（読者サービス係）
印刷・製本	大日本印刷株式会社 東京都新宿区市谷加賀町 1-1-1

ISBN978-4-596-63552-5 C0297

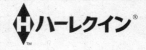

ハーレクイン・シリーズ 7月5日刊 発売中

ハーレクイン・ロマンス

愛の激しさを知る

秘書は秘密の代理母	ダニー・コリンズ／岬　一花 訳	R-3885
無垢な義妹の花婿探し 《純潔のシンデレラ》	ロレイン・ホール／悠木美桜 訳	R-3886
あなたの記憶 《伝説の名作選》	リアン・バンクス／寺尾なつ子 訳	R-3887
愛は喧嘩の後で 《伝説の名作選》	ヘレン・ビアンチン／平江まゆみ 訳	R-3888

ハーレクイン・イマージュ

ピュアな思いに満たされる

捨てられた聖母と秘密の子	トレイシー・ダグラス／仁嶋いずる 訳	I-2809
言葉はいらない 《至福の名作選》	エマ・ゴールドリック／橘高弓枝 訳	I-2810

ハーレクイン・マスターピース

世界に愛された作家たち
～永久不滅の銘作コレクション～

あなただけを愛してた 《特選ペニー・ジョーダン》	ペニー・ジョーダン／高木晶子 訳	MP-97

ハーレクイン・ヒストリカル・スペシャル

華やかなりし時代へ誘う

男爵と売れ残りの花嫁	ジュリア・ジャスティス／高山　恵 訳	PHS-330
マリアの決断	マーゴ・マグワイア／すなみ　翔 訳	PHS-331

ハーレクイン・プレゼンツ作家シリーズ別冊

魅惑のテーマが光る
極上セレクション

蔑まれた純情	ダイアナ・パーマー／柳　まゆこ 訳	PB-388

※予告なく発売日・刊行タイトルが変更になる場合がございます。ご了承ください。

7月12日発売

ハーレクイン・シリーズ 7月20日刊

ハーレクイン・ロマンス

愛の激しさを知る

夫を愛しすぎたウエイトレス	ロージー・マクスウェル／柚野木　菫 訳	R-3889
一夜の子を隠して花嫁は **《純潔のシンデレラ》**	ジェニー・ルーカス／上田なつき 訳	R-3890
完全なる結婚 **《伝説の名作選》**	ルーシー・モンロー／有沢瞳子 訳	R-3891
いとしき悪魔のキス **《伝説の名作選》**	アニー・ウエスト／槙　由子 訳	R-3892

ハーレクイン・イマージュ

ピュアな思いに満たされる

小さな命、ゆずれぬ愛	リンダ・グッドナイト／堺谷ますみ 訳	I-2811
領主と無垢な恋人 **《至福の名作選》**	マーガレット・ウェイ／柿原日出子 訳	I-2812

ハーレクイン・マスターピース

世界に愛された作家たち
～永久不滅の銘作コレクション～

夏の気配 **《ベティ・ニールズ・コレクション》**	ベティ・ニールズ／宮地　謙 訳	MP-98

ハーレクイン・プレゼンツ作家シリーズ別冊

魅惑のテーマが光る
極上セレクション

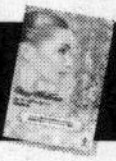

涙の手紙	キャロル・モーティマー／小長光弘美 訳	PB-389

ハーレクイン・スペシャル・アンソロジー

小さな愛のドラマを花束にして…

幸せを呼ぶキューピッド **《スター作家傑作選》**	リン・グレアム 他／春野ひろこ 他 訳	HPA-60

文庫サイズ作品のご案内

◆ハーレクイン文庫・・・・・・・・・・・・・・毎月1日刊行

◆ハーレクインSP文庫・・・・・・・・・・・・毎月15日刊行

◆mirabooks・・・・・・・・・・・・・・・・・毎月15日刊行

※文庫コーナーでお求めください。

今月のハーレクイン文庫

6月刊 好評発売中！

Harlequin 45th Anniversary

帯は1年間 "決め台詞"！

珠玉の名作本棚

「あなたの子と言えなくて」
マーガレット・ウェイ

7年前、恋人スザンナの父の策略にはめられて町を追放されたニック。今、彼は大富豪となって帰ってきた——スザンナが育てている6歳の娘が、自分の子とも知らずに。

（初版：R-1792）

「悪魔に捧げられた花嫁」
ヘレン・ビアンチン

兄の会社を救ってもらう条件として、美貌のギリシア系金融王リックから結婚を求められたリーサ。悩んだすえ応じるや、5年は離婚禁止と言われ、容赦なく唇を奪われた！

（初版：R-2509）

「秘密のまま別れて」
リン・グレアム

ギリシア富豪クリストに突然捨てられ、せめて妊娠したと伝えたかったのに電話さえ拒まれたエリン。3年後、一人で双子を育てるエリンの働くホテルに、彼が現れた！

（初版：R-2836）

「孤独なフィアンセ」
キャロル・モーティマー

魅惑の社長ジャロッドに片想い中の受付係ブルック。実らぬ恋と思っていたのに、なぜか二人の婚約が報道され、彼の婚約者役を演じることに。二人の仲は急進展して——!?

（初版：R-186）